포우 단편집

E. A. 포우 지음 | 박용철 옮김

소담출판사

박용철

서강대학교 영어영문학과 졸업.
공저로 『한국 사회문화 현상의 기호론적 분석』과 『비전2000』,
역서로 『광고인이 되는 법』 외 다수가 있다.

sodampublishingcompany

BESTSELLER WORLDBOOK 15

포우 단편집

펴낸날 | 1991년 9월 3일 초판 1쇄
       1996년 1월 20일 중판 1쇄
       2004년 4월 15일 중판 12쇄
지은이 | E. A. 포우
옮긴이 | 박용철
펴낸이 | 이태권
펴낸곳 | 소담출판사
       서울시 성북구 성북동 178-2 (우)136-020
       전화 | 745-8566~7 팩스 | 747-3238
       e-mail | sodam@dreamsodam.co.kr
       등록번호 | 제2-42호(1979년 11월 14일)

ISBN 89-7381-015-4 00840

● 책 가격은 뒤표지에 있습니다.

www.dreamsodam.co.kr

BESTSELLERWORLDBOOK 15

A Collection of Short Stories of Poe

E. A. Poe

지금부터 기록하려는 끔찍스럽고도 꾸밈없는 이야기에 대하여
나는 다른 사람이 믿어 주기를 바라지도 않을 뿐더러 애원하지도 않는다.
내 오관까지도 그것을 부인하고 싶은데, 다른 사람들에게 그것을 믿어 달라는 것은
참으로 미치광이의 허튼소리일 것이다.
그러나 나는 정신이 이상한 것도 아니고 확실히 꿈을 꾸고 있는 것도 아니다.
내일이면 나는 이 세상을 떠날 신세다. 그러므로 오늘 내 마음의 무거운 짐을 죄다 풀어
없애버릴 생각이다. 나는 내가 당면한 평범한 가정에서 일어난 일련의 사건을 솔직히,
그리고 간결하게 세상 사람들 앞에 이야기하고 싶은 것이다.

A Collection of
Short Stories of Poe

차례

검은 고양이

　지금부터 기록하려는 끔찍스럽고도 꾸밈없는 이야기에 대하여 나는 다른 사람이 믿어 주기를 바라지도 않을 뿐더러 애원하지도 않는다. 내 오관(五官)까지도 그것을 부인하고 싶은데, 다른 사람들에게 그것을 믿어 달라는 것은 참으로 미치광이의 허튼소리일 것이다. 그러나 나는 정신이 이상한 것도 아니고 확실히 꿈을 꾸고 있는 것도 아니다. 내일이면 나는 이 세상을 떠날 신세다. 그러므로 오늘 내 마음의 무거운 짐을 죄다 풀어 없애버릴 생각이다. 나는 내가 당면한 평범한 가정에서 일어난 일련의 사건을 솔직히, 그리고 간결하게 세상 사람들 앞에 이야기하고 싶은 것이다.

　이 사건의 결과는 나에게 공포와 번민을 주고, 마침내 나를 파멸시켜 버렸다. 그러나 나는 구태여 그 이유를 설명하고 싶지는 않다. 그 사건이 나에겐 공포감을 주었을 뿐이지만, 다른 사람들에게는 공포감보다는 오히려 기이한 감을 줄지도 모른다. 이후 어쩌면 어떤 지력(智力)——내가 이제 두려운 마음으로 자세히 이야기하려는 전말을 극히 당연하고 평범한 인간 관계의 연속으로밖에 생각하지 않는——이 나타나서 나의 환상을 깨트려 버릴지도 모른다.

어렸을 때부터 내 성질은 온순하고 인정이 많았다. 이런 유약한 점은 동무들의 놀림거리가 될 만큼 뚜렷한 것이었다. 그리고 나는 짐승들을 무척 좋아했고, 그런 까닭에 나를 귀여워한 부모는 여러 짐승을 나에게 사다 주곤 했다. 나는 이러한 짐승들과 함께 대부분의 시간을 보냈으며, 그들에게 먹을 것을 주거나 머리를 쓰다듬어 주며 애무할 때처럼 즐거운 때는 없었다. 이 성벽은 계속되어 내가 장년에 이르렀을 때에는 빼놓을 수 없는 오락의 원천 중 하나가 되었다.

주인에게 충실하고 영리한 개에게 애정을 느껴 본 사람들에게는, 이러한 짐승들에게서 느끼는 강렬한 만족감이라든지 그 특성을 구구절절 설명하지 않아도 될 것이다. 인간의 변변치 못한 우정과 경박한 성질에 부대껴 본 사람의 정곡을 꼭 찌르는 그 무엇이, 동물의 비이기적이고 희생적인 사랑에는 있는 것이다.

나는 일찍 결혼하였는데, 다행히 내 아내의 성질도 나와 비슷했다. 내가 좋아하는 것을 알고 아내도 기회만 있으면 귀여운 짐승들을 사들였다. 그 수가 늘어 조류(鳥類), 금붕어, 개, 토끼, 조그마한 원숭이, 그리고 '고양이'에까지 이르렀다.

그 중 고양이는 굉장히 크고 아름답고 전신이 까만, 매우 영리한 녀석이었다. 내심 적지않게 미신을 믿고 있는 아내는 무슨 얘기 끝에 그 녀석이 영리하다는 얘기가 나오면, 으레 까만 고양이는 모두 변장한 마녀라는 옛날부터의 전설을 번번이 들춰내는 것이었다. 그러나 아내가 늘 이 점을 중요시했다는 말은 아니다. 웬일인지 지금 갑자기 그 생각이 언뜻 떠올라서 말할 뿐이지 별 다른 이유가 있어서 그러는 것은 아니다.

플루토(염라대왕)——이것이 고양이의 이름이었다——는 내 마음에 드는 장난꾸러기 친구였다. 나만이 음식을 주었으며, 그는 집 안 어디고간에 반드시 내 뒤를 졸졸 쫓아다녔다. 그래서 외출할 때면 고양이가 거리로 따라나서지 않게 하려고 어지간히 애를 먹곤 했다.

이와 같이 나와 고양이는 수년 간 친밀하게 지냈는데, 그 동안 내 기질과 성격——광적인 폭음의 결과로(고백하기에 부끄러운 일이지만)——은 극도로 악화되었다. 내 성질은 날이 갈수록 침울해졌고, 아무것도 아닌 일에 공연히 발끈하며, 다른 사람의 감정 같은 것은 염두에도 두지 않게 되었다. 아내에게 욕설까지 퍼붓고, 마침내는 완력을 휘두르기에 이르렀다. 물론 내 성질의 변화는 동물들에게까지 미쳤다. 나는 그것들을 본 체도 하지 않았을 뿐더러 학대까지 하였다. 그러나 플루토에 대해선 그래도 아직까지 다소 애정이 남아 있어, 토끼, 원숭이, 개들이 우연히 혹은 반가워하며 내 곁에 왔을 때 그들을 학대하던 것처럼은 감히 할 수가 없었다. 그러나 내 병벽(病癖)은 점점 악화되었고——알코올과 같은 병벽이 또 어디 있으랴!——마침내는 막바지에 이르게 되었다. 이제 나는 괜히 조금만 뭣해도 발끈하여 플루토에게까지 손을 대게 되었다.

어느 날 밤, 늘 다니던 거리의 술집에서 술에 취해 곤드레만드레가 되어 집에 돌아오니, 고양이가 내 앞에서 슬금슬금 피하는 것 같았다. 나는 고양이를 붙잡았다. 그랬더니 내 몰골에 깜짝 놀란 고양이가 날카로운 발톱으로 내 손을 할퀴어 손 위에 가벼운 상처를 냈다. 일순간 나는 악마적인 분노의 불덩어리가 치밀어 내 자신을 잊어버렸다. 내 선천적 영혼까지도 단번에 내 몸으로부터 사라지고, 악마도 못 당할 진(gin, 술의 일종)으로 중독된 사심(邪心)이 내 온몸에 짜르르 퍼졌다. 나는 조끼 주머니에서 주머니칼을 꺼내 불쌍한 고양이의 목을 붙잡고 한쪽 눈을 태연하게 도려냈다. 이 잔혹한 폭행을 기록하노라니 얼굴이 화끈거리고 온몸이 달아오르며 소름이 끼친다.

아침에 잠이 깨고 온전히 이성적인 상태가 되었을 때——전날 밤 폭음의 여독이 수면과 함께 풀렸을 때——나는 내 행위에 대하여 공포와 참회가 반반 섞인 감정을 금할 수가 없었다. 그러나 그 감정도 결국은 미약하고 형식적인 것에 지나지 않았을 뿐, 내 마음의 근본을 흔들 만한 것은 되지 못했다. 나는 여전히 폭음으로 나날을 보냈고, 곧 내 행동에 대한 모든 기억을 술에 파묻어 버렸다.

이러는 동안에 조금씩조금씩 고양이는 회복되어 갔다. 도려낸 눈구멍은 사실 바라보기조차 끔찍한 몰골이었지만, 이제는 그다지 고통을 느끼는 것 같지 않았다. 고양이는 전과 다름없이 집안을 이리저리 돌아다녔지만, 내가 가까이 가면 여지없이, 극도로 무서워하며 도망치곤 했다. 전에 그렇게도 나를 따르던 동물이 이렇게 변한 것에 처음에는 비애를 느낄 만큼 내게도 본심이 남아 있었으나, 이 감정마저 곧 분노로 바뀌고, 마침내는 건질 수 없는 파멸의 함정에 나를 빠뜨리려는 것 같은 짓궂은 감정이 복받쳐 올랐다.

이러한 감정에 대해서 철학은 아직 어떤 설명도 없다. 그러나 이것은 인간 본연의 원시적 충동의 하나, 인간성을 지배하는 불가분적 기본 능력, 혹은 정조(情操)의 하나라고 나는 확신한다. 우리가 몇 번이고 죄악과 우행을 범하고 있는 것은 해서는 안 된다는 이유를 알고 있기 때문이 아닐까? 우리가 최선의 판단을 저촉하면서까지, 단지 법률이 그렇다는 것을 알고 있는 까닭에 우리들은 늘상 법률이라는 것을 범하고 싶은 충동을 갖게 되는 것이 아닐까? 거듭 말하지만, 이 짓궂은 감정이 기어이 나에게 최후의 파멸을 가져오고야 만 것이다. 아무 죄도 없는 고양이에게 위해(危害)를 계속해서 하게 하고, 결국은 고양이를 죽이게까지 나를 재촉한 것은, 스스로 화를 내고, 자체의 본성을 유린하고, 단지 악만을 위해 악을 범하려는 이 영혼의 헤아릴 수 없는 욕망이었다.

어느 날 아침, 나는 태연자약한 마음으로 고양이의 목을 붙잡은 다음 나뭇가지에 매달았다. 눈물을 흘리면서, 마음 한구석으로 무척이나 후회를 하면서 그것을 매단 것이다. 고양이가 나를 사랑하고 있다는 것을 알고 있었기 때문에, 고양이가 나의 분노를 살 만한 아무런 이유가 없었기 때문에 그것을 매단 것이다. 이렇게 하는 것이 죄악—나의 불멸의 영혼을, 만약 그런 일이 있을 수 있다면, 신의 무한한 자비심조차도 미치지 못하는 심연 속에 빠뜨릴 최악의 죄악—이라는 것을 알았기 때문에, 나는 그것을 매단 것이었다.

이 참혹한 행위를 한 그날 밤, '불이야!' 하고 외치는 소리에 나는 잠을 깼다. 내 침대 커튼에 불이 붙었고, 집은 온통 불길에 휩싸였다. 아내와 식모와 나는 가까스로 이 화염 속으로부터 빠져나왔다.

모든 것이 철저하게 파괴되었고, 전재산을 단숨에 홀랑 날려버려 나는 그 후부터는 절망의 수렁 속에서 헤매지 않으면 안 될 신세가 되어 버렸다.

나는 이 재난과 내 광포한 행위 사이에서 무슨 인과 관계의 연관성을 찾아보려고 할 만큼 마음 약한 위인은 아니다. 그러나 나는 사실의 연쇄(連鎖)를 자세히 얘기하는 것이고, 비록 밀접한 관계가 있을망정 불안전하게 내버려 두어 마음에 거리끼게 하고 싶지 않은 것이다.

화재 다음날, 나는 불탄 자리에 가 보았다. 담은 한쪽만 남은 채 모두 무너졌는데, 그 한쪽이라는 것은 집 한복판에 있는 내 침대의 머리 쪽에 놓여 있던 그리 두껍지 않은 방의 벽이었다. 회(灰)를 바른 것이 상당히 화력에 강했던 모양인데 나는 이것이 아마 최근 새로 발랐기 때문에 그리리라 추측하였다. 많은 사람이 그 벽 쪽으로 모여들어 어떤 한 곳을 매우 세밀하고도 열심히 조사하고 있었다. 「이상한 걸!」, 「신기한데!」 또는 그와 비슷한 다른 말이 내 호기심을 자극했으므로 가까이 가 보았더니, 흰 벽에 조각이나 한 것처럼 굉장히 큰 고양이의 상(像)이 나타나 있었다. 그 인각(印刻)은 놀라울 만큼 정확했고 고양이의 목에는 밧줄이 감겨 있었다.

맨 처음 이 유령——나는 그렇다고밖에 볼 수 없었다——을 보았을 때, 나의 놀라움과 공포는 극에 다다랐다. 그러나 성찰(省察)은 점점 나를 도와주었다. 내 기억에 고양이는 집에서 좀 떨어진 뜰에 걸려 있었다. 「불!」이라는 외침에 사람들이 마당으로 몰려와 법석거렸고 그들 중 누가 그 동물을 나무에서 내려 열려진 창을 통해 내 침실 안으로 던졌을 게다. 그것은 아마도 나를 깨우기 위한 행위였을 것이다. 다른 쪽 벽들이 무너지면서 내 잔인성의 희생물이 새로 바른 회벽에 짓눌린 것이다. 따라서 벽의 석회분과 화염과 시체가 발산하는 암모니아분이 함께 혼합되어 이런 화상(畵像)을 만들어 놓았을 것이다.

위에서 자세히 설명한 이 놀라운 사실에 대해 나는 비록 양심적이라고 할 수는 없지만 이성으로 용이하게 설명할 수 있었다. 그 후 여러 달 동안 고양이의 환영은 나를 떠나지 않았고, 후회 같기도 하고 그렇지 않기도 한 모호한 감정이 내 마음 한 귀퉁이에서 싹트기 시작했다. 고양이가 없어진 것을 섭섭히 여겨, 그 당시 뻔질나게 다니던 하류 주점 같은 데서라도 혹시 똑같은 종류의 것이나 또는 다소 닮은 고양이가 있지 않나 하고 주위를 둘러보게까지 되었다.

어느 날 밤, 하류 주점에서 아무런 생각 없이 멍청하게 앉아 있으려니까, 방안의 중요한 가구를 이루고 있는 진(酒)인가 럼(rum, 술의 일종)인가의 술통 위에 쭈그리고 있는 꺼먼 것이 눈에 띄었다. 아까부터 그 술통 위를 쭉 바라보고 있었는데, 좀더 빨리 눈에 띄지 않았다는 것이 참 이상한 일이었다. 그것이 무엇인지 가까이 가서 확인해 보았다. 그것은 플루토만큼 큰 검은 고양이였는데──아주 큰 고양이였다──한 군데만 빼고는 플루토와 꼭 닮은 놈이었다. 플루토는 전신이 검정이었으나, 이 고양이는 거의 가슴 전체가 희미하나마 큰 백색 반모(斑毛)로 덮여 있었다.

손으로 쓰다듬자 곧 일어나 골골대며 내 손에다 몸을 비비고 내가 아는 체한 것을 기뻐하는 낯이었다. 이거야말로 내가 찾고 있던 고양이었다. 내가 곧 주인에게 그 고양이를 사겠노라고 말했더니 주인은 자기 것이 아니고 어디서 왔는지도 모르며 전에 본 일조차 없다는 것이었다.

집에 돌아오려고 할 때까지 나는 고양이를 쓰다듬어 주었다. 내가 일어서니까 고양이도 역시 따라올 기세를 보였으므로 나는 그냥 내버려두었다. 집에 오는 도중에도 여러 번 허리를 굽혀 쓰다듬어 주었다.

집에 돌아왔을 때쯤 고양이는 얌전히 길들여 있었고 아내도 그놈을 몹시 귀여워했다.

그러나 나는 곧 싫증을 느끼게 되었다. 이것은 참으로 뜻밖의 일이었다. 왜 그런지는 몰랐으나 고양이가 나를 좋아한다는 것이 오히려 나를 불쾌하게 하고 성가시게 하였다. 이 불쾌감과 염증(厭症)은 점점 극도의 증오로 변해 버렸다. 나는 고양이를 피했다. 일종의 수치감과 전에 저지른 참혹한 행위의 기억이 나로 하여금 고양이를 육체적으로 학대할 수 없게 했기 때문이다. 그 후 여러 주일 동안 나는 그놈을 때리지도 않고 학대하지도 않았다. 그러나 점점——정말 점점——나는 고양이에 대해 이루 말할 수 없는 증오감을 느끼게 되었고, 마치 전염병 환자의 호흡을 피하듯이 고양이 앞을 슬슬 피하게 되었다.

고양이를 집에 데리고 온 다음날 아침, 그 고양이도 플루토와 같이 한 눈이 멀어 있다는 것을 알게 된 것도 이 고양이에 대해 증오감을 갖게 한 이유 중 하나였다.

그러나 전에도 얘기했거니와, 대단히 인정이 많은 내 아내는 이러한 사정으로 한층 더 고양이를 아끼고 측은히 여겼다. 그리고 이런 성격이야말로 예전의 나와 같았으며, 동시에 나의 가장 단순하고 순수한 쾌락의 근원이었던 것이다.

그러나 내가 고양이를 미워하고 피할수록 그와 반대로 고양이는 성가시게 내 뒤를 쫓아다녔다. 내가 어디에 앉아 있든지 으레 쫓아와서 내 의자 아래 앉거나 무릎 위에 뛰어올라, 지긋지긋하게도 핥거나 제 몸에다 비벼댔다. 내가 일어나서 걸어가려고 하면 어느새 다리 사이로 기어 들어와 나를 곤두박질하게 하거나, 그렇지 않으면 길고 뾰족한 발톱으로 옷에 매달려 가슴까지 기어 올라오는 것이었다. 이럴 때는 그저 한주먹에 때려 죽이고 싶었고, 일면 전에 범한 죄악이 머리에 떠오르기도 했지만──솔직히 고백하면──아무런 이유 없이 고양이가 너무 무서워서 감히 손을 대지 못했던 것이다.

　이 공포감은 확실히 육체적 위해(危害)의 공포는 아니었다. 그렇다고 해서 이렇다 하고 규정짓기는 좀 곤란했다. 고백하기에는 좀 부끄러운 일이지만──실상 이 중죄수의 감방에서조차도 고백하기에는 좀 부끄러운 일이지만──고양이가 나에게 불어넣은 전율과 공포감은 매우 보잘것없는 망상(妄想)으로 말미암아 생겨난 것이다. 이 고양이와 전에 내가 죽인 고양이 사이의 유일한 상위점(相違點)은 가슴에 있는 흰 반점(斑點)이라는 것은 전에도 얘기하였다. 그런데 이 흰 반점의 특이성에 대하여 내 아내는 여러 번 내 주의를 환기시켰다. 이 반점이 크기는 했지만 본래는 아주 희미했다. 그러던 것이 점차 그 모양을 나타내더니──거의 눈에 띄지 않을 정도로, 그리고 나의 이성이 오랫동안 그것을 공상이라 부정하려고 싸워 왔는데──마침내는 분명한 윤곽을 드러냈다. 그것은 뭐라고 표현하기에도 몸서리가 쳐지는 모양을 하고 있었고──이것 때문에 무엇보다도 그 괴물이 미웠고 무서웠고 될 수 있으면 없애 버리고 싶었던 것이다──그것은 등골이 오싹할 정도로 무서운 교수대의 형상이었다! 아, 그것은 공포와 죄악──고민과 죽음──의 슬프고도 무서운 형구(形具)인 밧

18

줄의 형상이었다!

나는 이제 보통 인간의 처참한 꼴 이상으로 전락해 버렸다. 한 마리의 짐승이——그놈의 친구를 나는 하찮게 죽여 버렸지만——전능하신 하느님의 생각대로 만들어진 만물의 영장인 나에게 이와 같은 참을래야 참을 수 없는 번민과 고통을 안겨 주다니! 아, 나에게 안식의 기쁨이라고는 눈곱만큼도 없구나! 낮이면 고양이는 한시도 내 곁을 떠나지 않았고, 밤이면 밤대로 번번이 이루 말할 수 없는 공포의 꿈으로부터 깜짝 놀라 깨어나 보면 내 얼굴에는 고양이의 뜨거운 입김이 훅훅 끼치곤 했다. 내 가슴 위를 천 근이나 되는, 내 힘으로는 꼼짝도 않는 몽마(夢魔)의 화신이 잔뜩 누르고 있는 것이었다!

이러한 고통의 압박 속에서 쥐꼬리만큼이나마 나에게 남아 있던 '선(善)'의 자취는 그만 꼬리를 감춰 버렸다. 흉악한 사상——가장 사악하고 흉악한 사상——이 나의 유일한 친구가 되었다. 나의 무뚝뚝한 성질은 점점 횡포해져서 모든 사물과 사람들을 미워하기에 이르렀다. 일촉즉발의, 억제하기 곤란한 분노의 폭발에 나는 맹목적으로 육체적 고통을 가하게 되었는데, 그럴 때마다 아무 불평도 없이 그 고통을 꾹 달게 참는 희생자는 불쌍하게도 언제나 내 아내였다.

우리는 화재 이후 가난해져서 어쩔 수 없이 고옥(古屋)에서 살게 되었다. 어느 날 집안일로 아내는 나를 따라 지하실로 들어왔다. 고양이도 험한 계단을 쫓아내려와 하마터면 내가 곤두박질할 뻔했으므로, 나의 광적인 분노는 극에 다다랐다. 나는 격분한 나머지 지금까지 참고 있던 어린애 같은 공포감도 잊어버리고 도끼를 들어 고양이를 향해 휘둘렀다. 물론 내 맘대로 떨어졌다면 고양이는 그 자리에서 죽어 버렸을 것인데, 아내의 제지로 인해 뜻대로 되지 않았다. 이 간섭으로 말미암아 나는 악마도 못 당할 만한 격노(激怒)에 싸여 아내의 손을 뿌리치고, 그 도끼로 아내의 머리를 내려찍었던 것이다. 아내는 비명도 지르지 못하고 그 자리에 푹 쓰러졌다.

이 무서운 살인이 끝나자 나는 곧 이 시체를 감출 방법에 대해 생각하였다. 낮이든 밤이든간에 이웃 사람 눈에 띄지 않게 시체를 집 밖으로 끌어낼 수 없다는 것은 불을 보듯 뻔한 일이었으므로, 여러 계획이 머리에 떠올랐다. 한 번은 시체를 잘게 썰어 불에 태워 버리려고도 생각하였다. 다음에는 지하실 마루 밑에 구멍을 파고 그곳에 파묻어 버리려고도 생각해 보았다. 아니면 마당 우물 속에 던져 버릴까, 상품처럼 포장해서 상자에 집어넣어 인부를 시켜 집 밖으로 운반해 나가도록 할까 하는 궁리도 해보았지만, 결국 그 어떤 것보다도 굉장한 계획이 머리에 떠올랐다. 중세기의 승려들이 그들이 죽인 희생자를 벽에 틀어넣어 발라 버렸다고 전해지는 것처럼 나도 벽과 벽 사이에 이 시체를 틀어넣고 발라 버리리라 결정하였다.

이러한 목적을 위해선 이 지하실이야말로 더할 나위 없이 적당하였다. 사면의 벽은 아무렇게나 쌓아 올린 채, 흙손질도 변변히 하지 않고 최근 회로 슬쩍 한 번 발라 버린 것인데 지하실 안의 습기로 아직 굳어 있지 않았다. 더욱이 벽 한 면은 다른 부분과 같아 보이게 하기 위한 가장(假裝)으로 연통, 혹은 벽로(壁爐)를 꾸며 놓았기 때문에 툭 튀어나와 있었다.

나는 이 벽이라면 틀림없이 벽돌짝을 뗀 다음 시체를 그 속에 틀어 놓고 누가 보더라도 의심하지 않을 만큼 먼저처럼 감쪽같이 해 놓을 수 있으리라 믿었다.

이 계획은 빈틈없었다. 철정(쇠막대)으로 아주 쉽게 벽돌을 떼어 시체를 살짝 안쪽 벽에 기대 세우고 그대로 버티어 놓은 다음, 그다지 힘들이지 않고 벽돌을 전과 같이 쌓아 올릴 수 있었다. 그 다음에는 회반죽 · 모래 · 털들을 사다가 감쪽같이 벽돌과 벽돌 사이를 골고루 발랐다. 일을 끝마치자 비로소 안도감을 느꼈다. 벽은 조금도 손을 댄 흔적이 없는 듯했다. 나는 마루에 떨어진 티끌을 하나도 남김없이 주운 다음 득의양양하게 주위를 빙 둘러보면서, 「흥, 그래도 헛수고는 아니었군.」하고 혼자 중얼거렸다.

그 다음에 할 일은 이와 같은 불행의 원인을 만들어 낸 그 고양이를 찾는 것이었다. 내가 그놈을 죽여 버리려고 굳게 결심하였기 때문이다. 그때 고양이가 곁에 있기만 했다면 그놈의 운명 역시 두말 할 것도 없었을 것이다. 이번의 격노에 놀란 고양이는 능글맞게도 슬며시 없어진 채 내가 이런 기분으로 있는 동안 내 앞에 얼씬도 하지 않았다. 얄미운 고양이가 없어져서 마음이 홀가분해진 그 통쾌한 감정은 그야말로 글로는 표현할 수 없을 만큼 큰 것이었다. 고양이는 그날 밤새도록 모습을 나타내지 않았으므로 내가 고양이를 집에 데리고 온 이후 적어도 이날 밤만은, 살인죄라는 무거운 짐이 내 혼(魂)을 누르고 있었지만, 그래도 달게 잠을 잘 수 있었다.

이틀이 지나고 사흘이 지나도 고양이는 나타나지 않았으므로, 나는 다시금 자유로운 몸이 되었다는 안도감을 느꼈다. 이 괴물은 무서워서 영원히 집으로부터 도망친 것이었다! 고양이는 이제 더 이상 나타나지 않을 것이다. 나의 행복은 더할 나위 없었다. 나는 내가 행한 그 무서운 범죄에 대해 그다지 양심의 가책을 받지 않았다. 몇 차례에 걸친 취조가 있었지만 문제없이 대답할 수 있었고, 한 차례의 가택 조사까지 있었지만 물론 아무것도 발견되지 않았다. 미래의 행복은 확정적이라고 나는 낙관하였다.

이 사건이 있은 후 나흘째 되는 날, 뜻밖에도 한 무리의 경관들이 달려들어 또 한번 엄중히 가택 조사를 시작하였다. 그러나 시체를 감춘 곳이야 아무리 면밀하게 조사하더라도 탄로날 리 만무하다는 확신이 있었기 때문에 나는 조금도 당황하지 않았다. 경관들은 수색중 나에게 동행할 것을 명하고 집안 구석구석을 샅샅이 조사했다. 드디어 그들이 지하실로 내려갔지만 나는 조금도 거리끼지 않았을 뿐더러, 내 심장은 마치 천진난만하게 잠을 자고 있는 사람의 심장과도 같이 태연자약하게 뛰고 있었다. 나는 두 팔을 구부려 가슴 위에 얹고 이리저리 유유히 활보하였다. 경관들은 이제 더 이상 의심할 여지가 없었다. 따라서 내 마음의 기쁨은 자제할 수 없을 만큼 강렬해졌다. 승리를 확신한 나는 단지 한마디 말로써 나의 무죄를 그들에게 한층 더 확실하게 하고 싶은 마음으로 불타올랐다.

경관들이 조사를 마치고 돌아가기 위해 계단을 올라갈 때 참다못해 나는 「여러분!」하고 입을 열었다.

「여러분들의 의심이 풀려 무엇보다 기쁩니다. 자! 그러면 여러분들의 건강을 빌며 경의를 표합니다. 그런데 여러분, 이 집은요, 이 집은 말이죠, 그 구조가 썩 잘되어 있답니다(무슨 말이나 술술 얘기하고 싶은 격렬한 욕망에 싸여 무얼 얘기하고 있는지조차 나도 몰랐다). 특별히 잘 지어진 집이라 할 수 있겠죠. 이 벽들은 말이죠, 아, 여러분들, 그만 가시렵니까? 이 벽들은 말이죠, 견고하게 쌓여져 있답니다.」

그리고 나서 일단 말을 멈추고 괜히 미치광이처럼 나는 내가 가지고 있던 막대기로 아내의 시체가 있는 바로 그 부분을 힘껏 후려갈겼다.

그러자, 오 하느님, 악마의 독아(毒牙)로부터 나를 구해 주소서! 때린 소리의 반향이 채 가시기도 전에 그 벽 속에서 어떤 소리가 들려왔다! 첫 번째는 어린아이의 울음 소리와 같은 것이 이어졌다 끊어졌다 하고 들리던 것이 갑자기 길고 높고 계속적인, 아주 이상하고도 잔인한 비명으로 변했다. 그것은 지옥에 떨어진 수난자의 입과 그에게 형벌을 주고 기뻐 날뛰는 악마들의 입으로부터 동시에 흘러나온 고함 소리이며, 공포와 승리가 반반씩 섞인 울부짖는 비명이었다.

내 기분 같은 것은 이야기하기에도 어리석은 일이다. 정신이 아득해져서 나는 비틀거리며 저쪽 벽으로 넘어질 뻔했다. 계단 위로 올라가던 경관들도 그 순간 깜짝 놀라 잠시 우두커니 서 있더니, 다음 순간 열두 개의 굳센 손이 달려들어 벽을 허물기 시작했다. 벽은 한꺼번에 떨어져 나가, 이미 대부분 썩고 핏덩어리가 말라붙은 시체가 여러 사람들 눈앞에 우뚝 나타났다. 그 머리 위에는 시뻘건, 큰 입을 벌린 채 불 같은 한쪽 눈을 크게 뜨고 있는 그 무서운 고양이가 앉아 있었다. 나에게 살인을 하게 한 것이나 비명을 내서 교형리(絞刑吏)에게 끌려가게 한 것이나, 이 모두가 다 고양이의 간교였다. 나는 이 괴물도 시체와 함께 벽 속에 틀어넣고 발라 버렸던 것이다. (1843년)

어셔 가의 몰락

바야흐로 때는 가을, 무겁고 낮은 구름이 하늘을 뒤덮은, 음침하고 도 쓸쓸한 어느 날이었다. 나는 혼자서 하루 종일 말을 달려, 이상하 게도 귀기가 서린 시골길을 지나 땅거미가 지기 시작할 무렵에 음침 한 어셔 가(家)가 보이는 곳에 도착하게 되었다.

왠지 모르게 그 집을 막 쳐다본 순간, 견디기 힘든 침울한 감정이 내 마음에 스며들었다. 나는 정말 견딜 수 없었다. 왜냐하면 그때 나 의 감정은, 아무리 처량하고 아무리 무서운 자연 속에 놓여지더라도 시적으로 혹은 반유쾌한 감정으로 받아들일 수 있는 마음 자세가 되 어 있지 못했기 때문이다. 나는 내 앞에 펼쳐진 경치——덩그런 한 채 의 집과 보잘것없는 경관, 황폐한 담, 멍청해 보일 정도로 커다랗게 뜬 눈처럼 보이는 창, 몇 포기의 무성한 왕골, 몇 개 되지 않는 죽은 나무의 뿌리들——를 표현할 수 없는 침울한 기분으로 바라보았다. 그때의 내 기분은 마치 마약 중독자가 약기운이 사라졌을 때 억울하게도 달콤한 꿈에서 깨는 듯한 기분,——현실 생활로 또다시 돌아올 때 느끼는 그 비통함——덮은 장막이 무시무시하게 떨어질 때 느끼는 기분 외에는 이 세상의 어떠한 감정과도 비교할 수 없는 것이었다. 마음은 차디차게 가라앉아, 어떤 강렬한 상상력을 발휘하더라도 다시는 숭고한 마음으로 돌아갈 수 없는, 그런 견딜 수 없는 적막감에 휩싸여 있었다.

도대체 무엇일까? 나는 잠시 멈추고 생각하였다. 어서 가를 바라보고 있는 나의 마음을 이렇게도 구슬프게 하는 것은 대체 무엇일까? 그것은 아무리 생각해도 해답을 얻을 수 없는 수수께끼였다. 이리저리 깊이 생각해 보았지만 무수한 환영만 닥쳐올 뿐 나는 어찌할 도리가 없었다. 확실히 그 안에는 극히 단순한 자연물상으로 엉겨 있었다. 그리고 그것이 이렇게 우리들을 괴롭히는 힘의 원천이기는 한데 그 힘의 본체를 분석하는 것은 우리들로서는 도저히 불가능한 것이라는, 불만족스럽기는 하지만 결국 이러한 결론에 도달하지 않을 수 없었다. 또 하나하나의 경치나 그림을 좀 색다르게 배열해 보면 슬픈 인상을 주는 힘을 어느 정도 감소시킨다든지, 혹은 아주 없앨 수도 있으리라고 생각해 보았다. 이러한 생각에 미치자, 나는 집 옆에 조용히 누워 있는 꺼멓고 처참한 늪가로 말을 몰아갔다. 그러나 전보다도 한층 더 오싹한 전율을 느끼면서 회색 왕골과 무시무시한 나무 줄기와 멍청하게 뜬 눈과 같은 창들이 제 모양 그대로 거꾸로 물 위에 비쳐지고 있는 모습을 내려다보았다.

그러나 나는 이 음침한 집에서 몇 주일을 머물 예정으로 온 것이다. 이 집 주인인 로데릭 어셔는 어렸을 적 친구였는데, 서로 헤어진 뒤로는 오랫동안 한 번도 만난 적이 없었다. 그러던 어느 날 멀리 떨어져 살고 있는 나에게 한 통의 편지가——그 편지는 어셔가 보낸 편지다——왔는데, 사연이 너무도 중대했으므로 내 자신이 가보는 수밖에 별다른 방법이 없었던 것이다. 편지에는 그가 신경과민에 빠진 듯해 보이는 구절이 몇 군데 있었다. 그는 몸이 극도로 쇠약해진 것과 정신 이상이 그를 괴롭혀 견딜 수 없다는 내용을 썼고, 또한 그가 가장 사랑하는, 즉 그의 단 하나의 벗인 나를 만나서 다정하게 얘기 나눔으로써 얼마간이라도 위안을 얻고 싶다는 것이었다. 편지 속에 씌어진 이러한 이유와 그 밖의 여러 가지 사유 또는 그의 간청과 아울러 나타난 그의 열성은 나에게 망설일 기회를 주지 않았다. 그러므로 나는 이상한 초청이라고 생각하면서도 대번에 응했던 것이다.

어렸을 때 우리들은 절친한 사이이긴 했지만, 사실 나는 이 친구에 대해 아는 것이 별로 없었다. 그는 지나치게 말이 적었다. 그렇지만 깊은 내력을 가진 그의 집안은 썩 오랜 옛날부터 특출한 기질을 가진 민감성으로 유명하였다. 그 가문의 특출한 기질은 대대로 이어져 내려온 많은 우수한 예술 작품에서 엿볼 수 있었다. 또한 최근에 와서는 일면 관대하고도 남모르는 자선 사업에 손을 댐과 동시에, 음악의 정통적이고도 알기 쉬운 아름다움보다도 그 복잡 미묘함에 대한 열렬한 열정이 있다는 것을 나는 알고 있다. 또 하나의 특이한 사실은 어서 가의 혈통이 매우 유서가 깊으면서도 어느 시대에도 영속될 만한 분가를 하지 않았다는 사실이다. 즉 아주 사소하고 일시적인 변화가 있기는 했지만 늘 직계만을 이루어 왔다는 사실이다. 특징적인 집의 구조가, 세상의 일반적인 가족의 특징과 더불어 온전히 지속된다는 것을 분석해 보고, 또 수세기라는 긴 세월이 경과하는 동안에 전자가 후자에게 끼쳤을 듯한 영향을 궁리해 볼 때 그것은 이치에 맞지 않는 점이 있다고 생각하였다. 아마도 그것은 분가 문제의 결함이었고, 아울러 가명(家名)과 상속 재산이 일체의 변함없이 대대로 부자간에만 전해진다는 결함이었는데, 이는 결국 어서 가라는 기묘하고도 모호한 명칭——이 명칭을 사용하고 있는 농부들은 가족과 건물을 그 명칭이 아울러 포함하고 있는 것처럼 생각하고 있는 듯이 보였다——속에 재산의 본래 명칭까지를 혼합해 버릴 만큼 양자를 같은 성질로 만들어 버렸다.

나는, 나의 행동이——늪 속을 들여다본——내가 느낀 맨 처음의 기괴(奇怪)한 인상을 더욱 강하게 했다는 것을 전에도 말하였다. 물론 나의 미신에 대한 믿음이 갑자기 강해졌다는 자각이 도리어 그 미신을 더욱 강하게 부채질하였다는 것만은 사실이다. 나의 오랜 경험을 통해 이미 내가 알고 있는 것이었지만, 공포로 인해 생겨난 감정은 모두 이와 같이 모순된 경로를 가지는 것이다. 그리고 내가 늪 속에 떨어진 집의 그림자로부터 눈을 들어 실제의 집을 쳐다보았을 때, 공교롭게도 이상한 공상이——사실 싱겁기 짝이 없는 공상이었으므로 다만 그때 나를 괴롭힌 감각의 위력(威力)을 표시하기 위해서 기록함에 불과하다——얼핏 머리에 떠오른 것도 이러한 이유에서 기인했는지도 모르겠다. 나는 내 나름대로 이것저것 궁리해 본 결과, 집과 그 근처의 특유한 대기——하늘의 공기와는 아주 딴판인 썩은 나무와 흰 벽과 잠잠한 늪으로부터 증발된 대기, 어둡고도 활발치 못한, 희미한, 눈에 뜨일 듯 말 듯한 뿌연 독기(毒氣)가 생생하는 이상 야릇한 증기——가 집 주위에 스며들어 있다고까지 믿게 되었다. 마치 꿈으로밖에는 생각되지 않는 이러한 망상을 내 마음속으로부터 몰아내 버리고 나는 더욱 자세히 집의 모양을 살펴보았다.

뚜렷한 특징은 대단히 오래된 집이라는 것이었고, 여러 성상(星霜)을 지내온 그 건물의 퇴색도 뚜렷하였다. 보기만 해도 느물거리는 곰팡이가 집 외부 전체를 뒤덮고 있었는데, 그것은 섬세하게 얽혀진 거미줄처럼 추녀 끝 아래로 축 늘어져 있었다. 그러나 이 정도만 가지고는 대단한 황폐라고 볼 수 없었다.

주춧돌의 대부분은 헐려 있었는데, 손질이 된 완전한 부분과 각기 다른 돌들의 부서진 상태 사이에는 큰 부조화가 있는 것처럼 보였다. 이러한 모양은, 쓰지 않고 그대로 내버려둔 채 오랫동안 조금도 바깥 공기를 쐬지 않고 지하실 속에서 썩어 버린 낡은 목조제품의 번드레한 외관을 보는 것 같은 느낌을 갖게 했다. 이와 같이 모든 것이 황폐의 빛을 띠고 있었지만, 집이 무너져 버릴 것 같지는 않았다. 더욱 조심해서 가까이 들여다보니 눈에 띨까 말까한 균열이 건물 앞쪽 지붕으로부터 담으로 이어져 내려와 음침한 늪 속으로 사라져 버린 것이 눈에 띄었다.

이러한 것들을 바라보며 나는 짧은 방죽길을 지나 집 쪽으로 말을 몰아 기다리고 있던 하인에게 말을 맡기고 현관의 고식풍 아치 문 속으로 들어갔다. 발소리를 죽이며 가만가만 걷는 집사가 한마디 말도 없이 어둠침침하고 복잡한 복도를 지나 주인의 서재로 나를 안내하였다. 도중에 눈에 띈 여러 물건들은 왠지 내가 이미 말한 그 적막감을 한층 더 강하게 해주었다. 주위의 물건들──천장의 조각, 벽에 걸려 있는 어둠침침한 벽모전, 마루의 꺼먼 흑단, 그리고 내가 발을 옮길 때마다 덜컥덜컥 울리는 옛 영화(影畵)의 전리품 같은 갑옷──은 어렸을 때부터 보아온 낯익은 것뿐이었고 새로운 것이라고는 하나도 없었다. 하지만 나는 이러한 평범한 물상이 내 머리를 새롭게 내리누르는 기이한 환상에 더욱 놀라지 않을 수 없었다.

어느 계단에서인가 나는 이 집 의사를 만났다. 그의 얼굴에는 야비한 노회(老會)와 당황의 표정이 반반씩 떠돌고 있었다. 그는 부들부들 떨며 나에게 인사하더니 지나가 버렸다. 얼만 안 되어 집사는 어느 방문을 열고 나를 그의 주인 앞으로 안내하였다.

내가 들어간 방은 매우 넓었고 높다란 천장이 있었다. 좁고 긴 창은 벽으로부터 툭 튀어나와 방안에서는 아무리 애를 써도 닿을 수 없을 만큼 꺼먼 떡갈나무 마루로부터 먼 거리에 달려 있었다. 심홍색의 가는 빛이 격자형 유리창 사이를 비집고 흘러 들어와 주위의 물건들을 한층 더 뚜렷이 보이게 하였다. 나는 눈을 가늘게 뜨고 방 구석과 반원형의 완자무늬로 장식한 천장의 구석구석을 똑똑히 보려고 하였지만 그것은 헛수고였다. 벽에는 어둠침침한 벽모전이 걸려 있고, 가구는 수가 많았으나 낡아빠져 무늬가 떨어져 있었다.

많은 책들과 악기들이 어수선하게 흩어져 있었지만 방의 분위기를 활기차게 하지는 못했다. 이것들을 바라보았을 때, 갑자기 슬픈 마음이 일어나는 것을 금할 수가 없었다. 적막하고 쓸쓸한, 어찌해야 좋을지 모를 침울한 기분이 방안에 떠돌았고, 모든 것에 깊이 스며들어 있었다.

내가 방안으로 들어가자, 어셔는 쭉 뻗고 누워 있던 소파에서 일어나 나를 반갑게 맞아 주었다. 처음에는 짐짓 지어낸 진정(眞情)——인생에 대해 권태로움을 느낀 사람이 흔히 만들어 내는 가식적 노력——에서 나온 것이 아닌가 하는 생각이 들었지만, 그의 얼굴을 바라본 순간 나는 그것이 진정한 열성에서 나온 것임을 깨달았다.

우리들은 마주 앉았다. 그리고 그가 아무 말도 없이 조용히 앉아 있는 동안 나는 측은하면서도 두려운 마음으로 그를 쳐다보았다. 확실히, 로데릭 어셔처럼 짧은 세월 동안 이와 같이 무서운 모습으로 변해 버린 사람은 아마 없을 것이다. 내 눈앞에 앉아 있는 이 창백한 남자가 오랜 옛날, 소년 시절의 내 친구였다고는 아무래도 믿기지 않았다. 그러나 예전과 다름없이 날카로운 얼굴의 특징은 지금도 변함이 없었다. 누런 얼굴색, 크고 부드럽고 뛰어나게 반짝이는 두 눈, 약간 얇고 창백하지만 대단히 아름다운 곡선을 이루고 있는 입술, 우아한 헤브라이 형(形)이면서도 그러한 형체에서는 보기 드물게 콧구멍이 넓은 코, 잘생겼지만 쑥 들어간 탓으로 도덕적 정력이 부족해 보이는 턱, 거미줄처럼 부드럽고 가는 머리칼 등의 이러한 특징이, 귀밑 뼈 위쪽이 남달리 넓게 생긴 것과 더불어 쉽게 잊을 수 없는 인상을 주고 있었다. 이러한 용모의 주요한 특징과 용모에 나타난 표정의 과장된 변화가, 내가 지금 누구와 이야기하고 있는지조차 의심할 만큼 나를 놀라게 하였다. 소름이 끼칠 정도로 창백한 피부색이며, 이상한 빛이 나는 눈이 무엇보다도 나를 놀라게 하는 동시에 공포감을 주었다. 비단실 같던 머리카락은 제멋대로 자라서 굵게 짠 명주처럼 변해 버렸고 이는 얼굴 주위에 있다는 것보다 오히려 두둥실 떠 있다고 하는 편이 옳았다. 나는 이러한 모습을 보통 사람의 용모라고는 도저히 생각할 수 없었다.

나는 친구의 태도에 앞뒤가 맞지 않는 모순이 있는 것을 눈치챘다. 그리고 곧 이것은 습관적인 경련——극도의 신경 흥분——을 억제하려는 약하고도 쓸데없는 일련의 투쟁에서 나온 것임을 알았다. 하긴 이러한 것들은, 그의 편지나 그의 소년 시절의 특징을 회상하고, 그의 특이한 체질과 기질로 미루어 보아 이미 짐작할 수 있었던 것이었다. 그의 태도는 명랑하다가도 갑자기 침울해졌으며, 목소리도 만사가 다 성가실 때에는 부들부들 떨며 어쩔 줄 몰라 했고, 그런가 하면 갑자기 곤드레만드레가 된 술주정꾼과 처치 곤란한 마약중독자가 극도로 흥분하였을 때 버럭 지르는 급하고도 무게 있는 태평스러운 굵은 목소리——침울하고 침착하고 완전히 조절된 후음(喉音)——로 변하기도 했다.

그는 이러한 변화무쌍한 어조로 나를 부른 목적과 나를 만나고 싶어한 열망과 또 내가 그에게 주리라고 기대하고 있었던 위안들에 대하여 대강 이야기했다. 그 다음, 그의 병의 본질로 생각되는 점으로 화제를 돌려 상당히 길게 이야기했다. 그의 이야기를 들으면, 그의 병은 유전적인 것이므로 치료 방법이 없어 단념하고 있는 듯했다. 그러나 그는 그 말이 떨어지기가 무섭게 그것은 간단한 신경계통의 병세에 불과하니 틀림없이 곧 나을 것이라고 덧붙여 말했다. 이 병세는 많은 부자연스런 감각으로 나타나, 그가 자세히 이야기하고 있는 동안 떠오른 어떠한 감각이——어쩌면 그의 말투와 말하는 태도와도 많은 관계가 있었겠지만——나를 흥미롭게도 하고 당황하게도 하였다. 그는 병적인 과민성으로 인해 매우 고통받고 있었다. 음식물은 아주 정결해야만 했고, 옷도 일정한 색이 아니면 입지 않았다. 꽃의 향기는 그 어떠한 것을 막론하고 그의 가슴을 짓눌렀고 아무리 약한 광선이라 할지라도 눈을 아프게 했다. 그에게 공포심을 일으키지 않는 음향은 특정한 것에만 한정되어 있었고, 그것도 현악기 정도였다.

이러한 이상한 공포로부터 그는 늘 고통받고 있었다.

「나는 죽을 거네.」하고 그는 말했다.

「나는 이런 처참한 어리석음 속에서 죽지 않으면 안 될 걸세. 이렇게 다른 방법도 구할 길 없이 나는 사라져 버릴 걸세. 내가 두려워하는 것은 미래에 일어날 사건이 아니라 그 결과일세. 비록 사소한 사건이라 할지라도 그놈이 내 영혼에 이렇듯 견딜 수 없는 충동을 일으킨다는 것을 생각하면 소름이 끼치네. 나는 위험 같은 것을 두려워하지는 않아. 다만 공포를 일으키는 절대적인 영향을 무서워하는 것일세. 기진맥진한 가련한 상태에 빠져 공포의 무시무시한 환영과 싸우는 동안 생명도 이성도 모두 내버려야 할 때가 필경 조만간에 올 것만 같네.」

나는 또 언뜻언뜻 비춰지는 모호한 암시로부터 그의 정신 상태의 또 다른 기이한 특징을 알게 되었다. 그는 수년 동안 한 번도 떠난 적이 없는 집에 관해서, 다시 말해 너무나 모호하여 설명할 수 없을 정도로 집의 형태와 본질에 있는 어떤 특징이 그의 영혼에 끼친 영향──회색 벽과 지붕의 소탑(小塔)의 외관이, 그들 물체가 내려다보고 있는 어둠침침한 늪의 외관이, 마침내 살아 있는 그의 정신에 끼친 영향──에 관해서 어떤 미신적인 생각에 사로잡혀 있었다.

그러나 그는 또 다소 망설이면서도, 이와 같이 그에게 번민을 준 우울증의 대부분은 보다 더 구체적이고 보다 더 알기 쉬운 원인──여러 해 동안 그의 유일한 동무이기도 했으며 이 세상에 단 하나밖에 없는 혈육인 누이동생의 오랜 병과 그녀의 죽음이 확실히 목전에 닥쳐왔다는 사실──에서 기인할 수도 있는 것이라고 고백했다.

「누이동생이 죽어 버리면……」하고 그는 내가 결코 잊을 수 없는 비통한 어조로 말했다.

「내가, 이 절망적이고 허약한 내가, 유서 깊은 어셔 가의 최후 생존자가 되겠지.」

그가 이렇게 말하고 있을 때, 그의 여동생인 매들레인이 내가 있다는 것도 인식하지 못한 채 조용히 방 저쪽을 향해 걸어가 그대로 사라져 버렸다. 나는 공포와 놀라운 마음으로 그녀의 뒷모습을 물끄러미 바라보았다. 저쪽으로 사라지는 그녀의 발소리를 듣고 있는 동안, 나는 둔기로 얻어맞은 듯한 아뜩함을 느꼈다. 마침내 그녀의 모습이 문 뒤로 사라져 버렸을 때, 나는 본능적으로 어셔의 얼굴을 들여다보았다. 그러나 그는 얼굴을 두 손 안에 파묻고 있었으므로, 나는 단지 창백함이 그의 빼빼 마른 손가락을 휩싸고 있는 것만을 감지할 수 있었다. 그 사이로 뜨거운 눈물이 뚝뚝 떨어졌다.

매들레인의 오랜 병에 대해서는 저명한 의사들도 두 손을 들었다. 고질이 되어 버린 무감증(無感症), 신체의 점진적 쇠약, 짧은 동안이지만 빈번히 일어나는 풍증(風症), 이러한 것이 그녀의 병세였다. 지금까지 그녀는 자기의 병을 꾹 참고 누우려고도 하지 않았지만, 내가 도착한 그날 저녁때부터 어셔가 매우 격양된 어조로 나에게 말한 바에 의하면, 그녀는 병마의 무서운 힘에 참다못해 쓰러져 버렸다는 것이었다. 그러므로 그때 잠깐 쳐다본 것이 최후의 모습일 것이고, 적어도 그녀가 살아 있는 동안에는 다시는 그녀를 보지 못할 것만 같았다.

그 후 며칠 동안은 나도 어서도 그녀에 대한 이야기를 하지 않았다. 그 동안 나는 열심히 이 친구의 우울증을 위로해 주려고 노력했다. 우리들은 함께 그림도 그리고 책도 읽었다. 혹은 그가 뜯는 교묘하고 열정적인 기타의 즉흥 연주를 꿈속에서 듣는 것처럼 듣기도 했다. 이와 같이 점점 깊어진 친밀감이 그의 마음속 깊숙이 나라는 존재를 인식시켜감에 따라 통탄스럽게도 그의 마음을 쾌활하게 하려는 내 노력이 헛수고임을 깨달았다. 그의 마음에서 암흑이, 마치 선천적으로 순수한 본질처럼 물심양계(物心兩界)의 모든 것 위에 음침한 암흑이 끊임없이 방사되어 터져 나왔던 것이다.

어서 가의 주인과 함께 둘이서만 이렇게 보낸 오랫동안의 엄숙하고 쓸쓸한 기억은 영원히 내 기억 속에서 사라지지 않을 것이다. 그러나 그 동안 내가 무엇을 하고 있었는지 똑똑히 기억이 나지는 않는다. 흥분된, 극도로 본성을 잃은 상상력만이 모든 것 위에 인광(燐光)과 같은 퍼런 빛을 던지고 있었다. 그러나 그의 긴 즉흥의 만가(挽歌) 몇 편만은 언제까지나 내 두 귀에 쟁쟁 울릴 것이다. 무엇보다도, 폰베버(Vonweber, 1786~1826 독일의 작곡가)의 최후의 왈츠 중 정열적인 선율의 이상스러운 전도(顚倒)와 부연(敷衍)이 나의 마음에 애절하게 남아 있다. 그의 정교한 환상이 뒤덮인, 그려갈수록 모호해지는 그림으로부터—— 웬일인지는 몰라도 나는 그 모호함에 더욱 전율을 느꼈다――그림의 이미지가 아직도 내 눈앞에 떠오를 만큼 생생한 그런 그림들로부터, 나는 글로 표현할 수 있는 작은 범위 이상의 것을 찾아내려고 헛되이 애쓰곤 했다. 그의 의도가 지극히 단순하고도 노골적이라는 점이 보는 사람으로 하여금 위압을 주었다. 만약 어떠한 하나의 사상을 그림 위에 표시한 사람이 있다면, 그는 이 로데릭 어셔였다. 적어도 나에게는――그때 나를 둘러싸고 있던 환경 밑에서――이 우울병자가 캔버스 위에 그리려고 애쓴 순수한 추상관념으로부터 견디기 힘든 강렬한 공포를 느꼈다. 즉 프젤리(Fusely, 1741~1825 스웨덴의 화가)의 타오르는 듯하면서도 구체적인 환상화(幻想畵)를 조용히 내려다볼 때도 느껴보지 못했던 외구(畏懼)가 솟아올랐다.

어셔의 환상적 그림 중에는 추상적 기분이 그다지 강하게 나타나 있지 않아, 미약하나마 말로 표현할 수 있는 것이 있다. 그것은 한 장의 소품(小品)인데, 그 안에는 평평하고도 흰, 아무 변화도 장식도 없는 긴 벽이 있는 구형(矩形)의 창궁(蒼穹) 혹은 굴 같은 내부가 그려져 있었다. 의도적인 어떤 효과가 굴을 지면보다 썩 얕은 곳에 있는 것처럼 보이게 하였다. 넓은 내부에는 어느 곳에도 문이 없고 횃불이나 인공적인 빛이 보이지 않았지만, 넘칠 듯한 강렬한 광선이 사면에 가득하여 모든 것을 무섭고 이상한 광휘(光輝) 속에 똑똑히 나타내고 있었다.

어셔의 청신경(聽神經)의 병적 상태로 말미암아 현악기 이외의 다른 악기는 참을 수 없을 만큼 그를 괴롭혔다는 것은 전에도 말한 바 있다. 이와 같이 제한된 좁은 범위 내에서 단지 몇몇 곡으로만 그가 기타를 연주했다는 것은 도리어 기이한 특징을 주었다. 또한 흥에 겨워 즉석에서 작곡해 내는 그 재주야말로 실로 놀라웠다. 그의 환상적인 곡이나 가사는 (그는 가끔 기타를 뜯으며 운율적인 즉흥시를 읊었다) 최고의 예술적 감격에 취했을 순간에 찾아볼 수 있는 강한 정신적 통일과 집중의 결과에서 나온 것이라고 할 수 있었다. 이러한 즉흥시들 가운데 나도 가사를 욀 수 있는 것이 있었다. 그 가사 속에 흐르는 오묘함이라든지 신비로운 것에서, 나는 어셔의 지고한 이성이 왕좌에서 무너지고 있음을 그 자신도 충분히 깨닫고 있다는 것을 처음으로 감지했다. 아마도 그 때문에 그가 가사를 읊을 때 그것이 내 마음속에 한층 강하게 새겨진 것 같다. 「유령궁(幽靈宮)」이라는 시는 정확하지는 않지만 대략 다음과 같다.

1
푸른빛 짙은 골짜기에
천사들 깃들여 살던
아름답고 웅장한 궁전
빛나는 궁전──우뚝 솟아 있도다!
'사상(思想)'의 제국(帝國)에
거기 궁전은 솟아 있도다!

천사도 이와 같이 아름다운 궁전에는
임해 본 적 없으리라!

2
노란빛 나는 황금색 기를
지붕 위에 휘날렸도다.
(이는──모두──아주 먼 옛적)
그리운 그날
엄엄하고 창백한 보루(堡壘)를 스쳐
솔솔 부는 부드러운 바람
향기로운 깃을 달고 살며시 스쳤노라.

3
행복의 골짜기를 헤매는 방랑의 무리들
빛나는 두 개의 창으로부터
은은히 들리는 비파(琵琶) 소리에 따라
옥좌(玉座)를 춤추며 돌고 도는
신(神)들을 보네.
옥좌에는 남색 옷 입은 천자(天子)!
나라의 상제(上帝) 임함이 보이도다.

4

아름다운 궁전의 문은
진주와 루비색으로 빛나고
그 문으로 흐르고 흘러
또 영원히 번쩍이는
산울림의 무리 뛰어 들어오도다.
세상에서도 드문 아름다운 소리로
임의 크신 공덕을 찬미함을
유일의 의무로 삼고.

5

악마들 슬픔의 옷을 입고
상제의 옥좌를 부쉈도다.
(아, 슬프도다. 상제 다시는 보지 못하리!)
궁터에 떠도는
붉게 피어오른 영광도
이제는 다만 묻힌 옛날의
한 줄기 남은 추억.

6
골짜기를 지나는 여행자의 무리.
이제는 다만
뻘건 빛 비치는 창으로부터
미친 듯이 터져 나오는 음악의 소리에 맞춰
희미하게 흔들리는 커다란 그림자를 볼 뿐.
무서운 급류(急流)와도 같이
창백한 문을 지나
괴물의 무리 영원히 터져 나와
큰소리로 웃는다.
미소는 벌써 볼 수도 없구나.

지금도 머리에 똑똑히 남아 있지만, 이 단편시가 준 암시는 나에게 여러 가지 생각을 하게끔 하였고, 마침내는 어셔가 가지고 있는 견해까지 확연히 알 수 있게 하였다. 나는 신기한 것보다도 (다른 사람에게는 그렇게 생각되겠지만) 오히려 그가 지나친 아집을 가지고 있는 것이 재미있어 그의 견해를 설명하는 것이다. 그렇지만 이 견해는 대체로 식물이 감각성을 가지고 있다는 것이었다. 그러나 그의 두서없는 공상 속에서 이 생각은 일단 더 대담하게 되고 어떠한 조건하에서는 무기체(無機體)의 영역에까지 뻗친다는 것이었다. 나는 그의 신념의 광범위함이나 광적인 무모함을 표현할 수는 없으나, 그 신념은 (전에도 잠깐 암시는 했지만) 선조 때부터 대대로 내려온 이 집의 회색 돌벽과 어떤 연관이 있는 것 같았다. 그런 것이 감각성을 가지고 있다는 증거는, 그 돌들이 결합된 양식에——돌들의 배열 순서, 그 돌들을 덮고 있는 수많은 곰팡이의 배열, 그리고 돌 주위에 서 있는 썩은 나무들의 배열된 순서에——특히 이 순서가 오랜 세월 동안 망가뜨려지지 않은 채 그대로 있다는 것과, 그 자태가 늪의 고요한 물 위에 반영되고 있다는 사실에 있다고 그는 상상하였다. 그는, 감각성이 있다는 증거는 물과 벽 근처에 있는 대기가 저절로, 점점 그러나 확실히 굳어지고 있는 것으로 알 수 있다고 말했다(이 말을 듣고 나는 깜짝 놀랐다). 수세기 동안 가문의 운명을 좌우하고, 또 그를 내가 지금 보고 있는 인물로 만들어 버린, 끈질기고 무서운 감응력인 그 정적(靜的)에서 그러한 결과를 찾아볼 수 있다고 그는 거듭 말했다. 이러한 그의 견해는 별로 설명을 필요로 하지 않으므로 그 설명은 하지 않겠다.

여러 해 동안 이 환자의 정신 생활에 지대한 영향을 끼친 책들도 물론 이러한 환상적 생활에 꼭 맞는 것들뿐이었다. 우리는 그레세(Louis Gresset, 1709~1777 프랑스의 시인)의 『베르베르와 샤르트뢰즈』, 마키아벨리(Machia velli, 1469~1527 이탈리아의 정치가, 저술가)의 『벨페고르』, 스베던보그(Swedenbog, 1688~1773 스웨덴의 철학자, 신학자, 작가)의 『천국과 지옥』, 홀베르크(Holberg, 1684~

1754 덴마크의 극작가)의 『니콜라스 클림의 지하여행』, 드 라 샹브르 (De la chanbre, 1594~1675 프랑스의 의사)의 『수상학(手相學)』, 티크(Tieck, 1773~1853 독일의 소설가)의 『창공의 여행』, 캄파넬라 (Campanella, 1568~1639 이탈리아의 신부, 철학자)의 『태양의 도시』 등과 같은 작품들을 탐독했다. 도미니크 파의 신부 에이메릭 드 지론(Eymeric de Gironne, 14세기 스페인의 종교재판관)의 『종교재판법』이라는 조그마한 옥타보 판의 책도 애독서의 하나였다. 그리고 폼페니우스 멜라(Pomponius Mela, 1세기 로마의 지리학자)의 저작 중에 고대 아프리카의 사티로스(그리스 신화에 나오는 괴인. 디오니소스의 종자로 상반신은 사람이고 하반신은 양의 다리를 가졌음) 또는 에지판(Egipan, 그리이스어로 산양의 뜻인데, 빵을 주는 신)에 관한 기사가 있었는데, 어셔는 몇 시간 동안이나 취한 듯이 탐독했다. 그러나 그가 가장 기뻐서 탐독한 서적은 사절(四折), 고딕판의 진서 (珍書) 『메인스 교회 성가대의 철야(徹夜)』라는 것이다.

나는 이 서적에 기록된 광포한 의식(儀式)과 그것이 이 우울병 환자에게 끼칠 영향을 생각하지 않을 수 없었다. 그러던 중 어느 날 밤 갑자기 그는 매들레인이 죽었다고 하면서 (최후로 매장하기 전에) 약 2주일 동안은 시체를 안방 벽 뒤에 있는 지하실 속에 가장(假葬)할 작정이라고 말했다. 그런데 이러한 조치에는 그럴 만한 이유가 있었으므로, 나는 그것에 대해 이의를 제기할 수 없었다. 고인의 특이한 병력과 의사들의 병의 원인에 대한 열렬한 연구 또는 선산이 먼 곳에 있고 황폐한 것 등을 고려해서 이와 같이 작정한 것이라고 어셔가 말했다. 사실 나 역시 내가 이 집에 온 첫날 계단에서 만난 그녀의 불길한 용모를 떠올리고는 그렇게 해도 상관없을 뿐 아니라 별로 부자연스럽게 생각되지도 않았으므로 이 계획에 반대하지 않았다.

어셔의 간청으로 나는 손수 이 가장 준비를 도와주었다. 시체를 관에 넣은 다음 우리들은 단둘이서만 관을 메고 가장할 곳으로 갔다. 관을 둘 지하실은 오랫동안 그대로 방치해 두었기 때문에, 손에 든 횃불은 쾨쾨하고 숨이 막힐 듯한 공기 속에서 연기만 내고 껌벅거려 사방을 잘 분간할 수 없게 했다. 우리들은 좁고 축축한, 한 줄기의 광선도 들어올 틈이 없는 꽤 깊은 곳에 있었다. 먼 옛날 봉건시대에는 분명 지하 감옥으로 이용되었고, 그 후에는 화약이나 또는 그와 같은 불붙기 쉬운 물질의 저장소로 사용되었던 것처럼 마루의 한쪽과 우리들이 들어온 아치 통로의 내부가 빈틈없이 동판(銅版)으로 싸여 있었다. 큰 철문도 그런 모양으로 되어 있었다. 철문은 크고 무거운 돌쩌귀 위에서 움직일 때마다 찍찍거리며 공포스런 소리를 냈다.

이 슬픈 짐을 무서운 방안의 선반 위에 내려놓고 우리들은 못을 박지 않은 관 뚜껑을 한쪽만 살짝 열고 죽은 사람의 얼굴을 들여다보았다. 남매의 얼굴은 놀랍도록 닮아 있었다. 내 생각을 짐작했는지, 어셔는 고인과 자기는 쌍둥이며, 자기들 사이에는 설명하기 어려운 공감(共感)이 늘 존재했었다고 두서너 마디 중얼거렸다. 그러나 우리들은 오래도록 이 시체를 내려다보지는 않았다. 무서워서 내려다볼 수 없었던 것이다. 꽃 같은 청춘 시절에 이처럼 생명을 앗아가 버린 병은 풍병에서 흔히 볼 수 있는 증세로서, 가슴과 얼굴에는 아직도 희미한 뻘건 점이 남아 있고, 입술 위에는 죽은 사람에게서 더욱 무섭게 보이는 끔찍한 미소가 떠돌고 있었다. 우리는 뚜껑을 맞추어 못을 박고 철문을 꼭 닫은 후 토굴과 별로 다름이 없는 음침한 위층 방으로 돌아왔다.

이럭저럭 슬픈 며칠이 지나가자 어셔의 신경병 증세는 현저한 양상을 띠고 변해 갔다. 그의 평상시의 태도는 사라져 버리고, 지금까지 하던 일도 등한히 하거나 잊어버렸다. 그는 쉴새없이 바쁘게 비틀거리며, 특별한 일도 없이 괜히 이방 저방으로 돌아다녔다. 창백한 얼굴은 더 한층 무섭게 창백해지고, 목소리는 극도의 공포에서 나오는 듯한 떨리는 목소리로 변해 있었다. 쉴새없이 흔들이는 그의 마음은 어떤 비밀과 내심에서 싸우고 있었으므로, 그것을 고백할 용기를 찾고 있는 것이 아닌가 하고 나는 이따금 생각하였다. 또 간혹 미친 사람의 환각이라고 돌려버리지 않으면 안 될 때도 있었다. 그는 아무 소리도 들리지 않음에도 불구하고 무슨 소리라도 들리는 것처럼 귀를 기울이고 허공을 멍하니 바라보곤 했다.

이러한 어셔의 행동은 나에게 공포감을 주었고, 마침내는 나까지도 그런 기분에 감염되었다. 어셔 자신의 환상적이며 인상적인 미신의 무서운 영향이 점차로 나에게 스며 들어오는 것만 같았다. 내가 더욱 이러한 압력을 확실히 느끼게 된 것은 레이디 매들레인을 지하

실에 가장한 지 7, 8일째 되는 밤, 늦게 잠자리에 들었을 때의 일이었
다. 나는 잠을 이루지 못하고 있었다. 그리고 그러고 있는 동안 시간
은 흐르고 또 흘러갔다. 나는 나를 지배하고 있는 신경과민증을 이성
으로 무마해 보려고 애를 썼다. 내가 느낀 것이 전부는 아니지만 그
대부분이 방안의 침울한 가구——불어 들어오는 바람을 받아 벽 위
에서 건들거리며 침대 장식부 부근에서 바스락바스락 음침하게 흔들
리는 컴컴하고 퇴색한 벽모전——의 정체 모를 영향 탓이라고 애써
믿어 보려고 노력하였다. 그러나 헛수고였다. 어떻게 할 수 없는 전
율이 전신에 뻗치고 결국에는 까닭 모를 공포의 악마가 괴롭게도 내
심장을 눌렀다. 나는 헐떡거리며 애써 이 공포를 떨치고 겨우 베개
위로 몸을 일으켜, 방안의 어둠 속을 뚫어져라 바라보며——본능이
이렇게 시켰다는 것 외에는 아무런 까닭도 없이——폭풍우가 그친 뒤
한참 있다가 알지 못할 곳에서 들려오는 얄고 막연한 소리에 귀를 기
울였다. 알 수 없는 격렬한 감정에 사로잡혀 나는 옷을 걸치고 (잠이
올 것 같지도 않았기 때문에) 방안을 이리저리 서성거리며 이 처참한
상태로부터 벗어나려고 애를 썼다.

　이러한 모양으로 방안을 서너 번 오락가락했을 때, 근처 계단을 올
라오는 듯한 가벼운 발소리가 언뜻 들려왔다. 어셔의 발소리였다. 다
음 순간 그는 가볍게 내 방 문을 두드리더니 한 손에 램프를 들고 방
안으로 들어왔다. 얼굴색은 여전히 시체처럼 창백했지만 두 눈에는
떠오르는 기쁨의 빛을 감추지 못하고 있었다. 그러나 전신의 거동에

는 확실히 히스테리의 발작을 일으키기 직전에 있는 듯한 징조가 보였다. 나는 그의 태도에 놀랐지만 그 어떤 것이라도 이때까지 내가 느끼고 있던 적막감보다는 나을 것 같았으므로, 나는 하늘이 그를 보내준 것인 양 기쁨으로 어서를 맞았다.

「그럼 자네는 그걸 보지 못했나?」하고 그는 한참 동안 자기 주위를 돌아다본 후 무뚝뚝하게 말했다.

「그걸 보지 못했군? 그렇다면 가만 있게, 보여 줄 테니.」

그렇게 말하면서 조심스럽게 램프를 가려 놓은 다음, 창문 쪽으로 다가가 창문 하나를 활짝 열어젖혔다.

확 불어 들어온 폭풍은 거의 두 사람을 날려보낼 듯했다. 사실 폭풍이 온 하늘을 진동하였지만 삼엄하게도 아름다운 밤, 공포와 아름다움이 섞인 이상한 밤이었다. 회오리바람은 확실히 이 집 부근이 세력의 중심인 듯했다. 바람의 방향은 시시각각 맹렬한 기세로 변했고, 지붕 위 소탑(小塔)을 삼킬 듯이 얕게 덮인 무거운 구름도 사방에서 휘몰아쳐 서로 부딪치며 먼 곳으로 사라지지도 않고, 엄습하는 바람의 맹렬한 속도를 막지 못하여 우리가 그것을 볼 수 있게 했다. 무겁게 떠돌고 있는 짙은 구름도 이런 광경을 보지 못하도록 방해하지는 못했다고 말하였는데, 그런데도 달이나 별의 빛을 보진 못했고, 또 천둥 번개의 섬광이 있었던 것도 아니다. 그러나 우리들을 둘러싸고 있는 삼라만상은 물론, 바람에 흔들리는 수증기의 거대한 덩어리의 아래쪽은 집을 둘러싸고 떠도는 희미한 가스체의 방사광선(放射光

線)인 기이한 빛을 발하고 있었다.

「안 돼, 자네는 이런 것을 봐선 안 돼.」하고 나는 몸서리치며 어셔를 창으로부터 억지로 밀어다가 자리에 앉히면서 말했다.

「자네를 괴롭히는 이러한 광경은 어디서든지 흔히 볼 수 있는 전기현상(電氣現象)에 불과한 거야. 혹은 늪의 썩은 독기가 발산하고 있는 것일지도 몰라. 자, 창문을 닫게. 바람이 차서 자네 몸에 해로워. 여기 자네가 좋아하는 소설이 한 권 있네. 내가 읽어 줄 테니 듣고 있게. 그리고 이 무서운 밤을 같이 보내기로 하세.」

내가 손에 든 한 권의 고서(古書)는 란슬로트 캐닝 경(卿)의 『어지러운 회합』이었다(작가며 작품은 포우 자신이 가공적으로 만든 것임). 그러나 나는 진심으로 그것을 어셔의 애독서라고 말한 것이 아니었다. 왜냐하면 사실 이 책의 어설프고도 비상식적인 이야기에는 그의 고상하고 영적 이상(靈的理想)을 반겨 줄 만한 것이라고는 하나도 없었기 때문이었다. 하지만 그때 가까이 있던 책이라고는 이 책뿐이었으므로 혹시나 이 우울병 환자의 흥분이 내가 이제 읽으려는 싱거운 이야기를 들으면 좀 가라앉지 않을까 하는 막연한 기대로 인해서였다. 왜냐하면 이처럼 좀 색다른 것이 어떤 때에는 정신이상자의 마음을 가라앉게 할 수 있기 때문이다. 사실 내가 읽는 이야기에 그가 긴장하여, 하나하나 빠짐없이 귀를 기울이고 있는 듯한 태도로 미루어 보아 내 계획이 확실히 성공했다고 기뻐해도 좋을 것이다.

나는, 이 소설의 주인공 에델레드가 은자(隱者)의 집에 들어가려고 공손히 그가 찾아온 뜻을 고했으나 받아 주지 않자 마침내는 폭력으로 침입하려는 그 유명한 구절에 이르렀다.

「……천성이 용맹한 에델레드, 게다가 퍼마신 술기운으로 더욱 힘이 솟아나는 에델레드는 완고하고도 사악한 은자와 이 이상 더 담판 지어도 소용없다는 것을 깨닫고, 또 그때 마침 빗방울이 그의 어깨에 후두둑 떨어져 폭풍우가 일어날 것을 걱정한지라, 철퇴를 번쩍 들어 문을 몇 번 후려갈기니 순식간에 수갑 낀 손이 들어갈 만한 구멍이 생기더라. 구멍에 손을 밀어 넣고 닥치는 대로 잡아채며 꺾고 분지르니, 바싹 마른 판자 깨지는 소리가 사방에 진동하고, 그 소리가 방방곡곡에까지 미치더라.」

이 구절을 끝까지 읽었을 때 나는 놀라 읽는 것을 멈췄다. 왜냐하면 그때 나는 (흥분된 공상이 나를 속인 것으로 추측은 하였지만) 집 한 구석으로부터 란슬로트 경이 그다지도 자세하게 묘사한, 찢어발기는 듯한 소리가 희미하게 들려오는 것 같았기 때문이다. 물론 내가 이렇게 생각한 것은 한순간의 착각일 뿐이었다. 왜냐하면 창문들이 덜커덕거리는 소리나, 아직까지 계속해서 불어오는 폭풍의 요란한 소리에는 확실히 내 주위를 끌며 내 마음을 산란하게 할 만한 것은 아무것도 없었기 때문이다. 나는 책 읽기를 계속했다.

「용사 에델레드가 문 안으로 들어갔으나 흉악한 은자의 모습이 보이지 않자 그는 버럭 화가 치밀며 일면 놀랐다. 은자가 있어야 할 그 자리에 은자는 없고 비늘이 번쩍이고 불을 훅훅 뿜어대고 있는 어마

어마한 용 한 마리가 쭈그리고 앉아 은마루 깔린 황금 궁전 앞을 경호하고 있더라. 벽에는 찬란한 놋쇠 방패가 걸려 있고, 거기에는 이러한 명(銘)이 씌어져 있더라.

여기 들어온 자는 정복자일지어다.
용을 죽이는 자는 이 방패를 가질지어다.

그것을 본 에델레드가 철퇴를 들어 용의 머리를 내려치니 용은 그 앞에 쓰러져 독기를 내뿜으며 통곡하더라. 그 귀를 파열시킬 듯한 음침하고 무서운 소리, 장사 에델레드도 이 소리엔 그만 두 손으로 귀를 막더라. 참으로 이러한 소리는 전대미문(前代未聞)이라 하겠노라.」

또다시 여기서 나는 깜짝 놀라 책 읽기를 그쳤다. 왜냐하면 바로 그때 어디서 들려왔는지 알 수 없었지만 확실히 먼 곳에서 들려오는 날카롭고 길게 외치는 듯하면서도 애원하는 소리, 이 소설의 작자가 묘사한 용의 기괴한 통곡 소리가 이렇지나 않았을까 싶을 정도로 똑같은 소리를 확실히 들었기 때문이다.

나는 이 두 번째 기괴한 우연의 일치에 적이 놀라며 극도로 공포를 느꼈지만 어셔의 과민한 성격을 자극해서는 안 되겠다고 생각하고 꾹 참으며 마음을 진정시켰다.

어셔가 이 이상한 소리를 들었는지는 확인할 수 없었다. 하긴 잠깐 동안 그의 태도에 이상한 변화가 있기는 하였다. 그는 처음에는 나와 마주 앉아 있었는데 점점 의자를 돌려 나중에는 방문 쪽을 향해 앉았다. 그러므로 그가 뭐라고 중얼거리고 있는지 알아들을 수 없었다. 입술이 부들부들 떨리는 것이 보이기는 했지만 한쪽 얼굴만 보일 뿐 소리는 들을 수 없었다. 머리를 가슴에 푹 처박고 있었으나, 흘끗 옆 모양을 쳐다보았을 때 크고 사납게 부릅뜬 눈으로 미루어보아 그가 자고 있는 것이 아니라는 것만은 알 수 있었다. 그는 조용히, 그러나 쉴새없이 일정하게 몸을 좌우로 흔들고 있었다. 이런 것을 흘끗 바라다본 다음 나는 그 책을 계속 읽었다.

「그리고 이제 무서운 용의 격노를 모면한 용사 에델레드가 그 놋쇠 방패를 생각해 내고 그 위에 씌어 있는 마력을 없애 버릴 생각으로 눈앞에 있는 용의 시체를 한쪽으로 치워 놓은 다음, 배에다 힘을 주고 용감하게도 성(城)의 은마루를 요란스럽게 구르며 방패 걸린 벽 쪽으로 달려드니, 그가 가까이 오기도 전에 놋쇠 방패는 쿵 하는 무서운 소리를 내며 장사의 발 근처 마루 위에 떨어지더라.」

이러한 구절이 내 입술을 비집고 흘러나오자마자 바로 그때, 놋쇠 방패가 실제로 은마루 위에 무겁게 떨어진 것과도 같이 또렷하고도 무서운 금속성의 소리가 들려왔다. 나는 깜짝 놀라 급히 일어났다. 그러나 어셔는 그대로 앉아 있었다. 나는 그가 앉아 있는 의자로 달려갔다. 그의 두 눈은 뚫어져라 앞을 바라보고 있었고, 얼굴에는 엄숙한 빛이 떠돌고 있었다. 그러나 내가 그의 어깨에 손을 얹었을 때 그는 전신을 부들부들 떨며 병적인 미소를 입술에 띠고 있었다. 그는 나의 존재를 인식하지 못하는 듯 낮고 빠른, 들리지도 않는 소리로 무어라고 중얼거렸다. 그에게 바싹 허리를 구부려서야 겨우 이해할 수 있었다.

「저 소리가 안 들려? 아냐, 들리네. 여지껏 들렸는걸. 오랫동안, 여러 시간, 여러 날 저 소리가 들렸어. 하지만 나는 감히 말하지 못했네. 이 비참한 녀석을 불쌍히 여겨 주게! 나는, 나는 감히 입밖에 내지 못한 거야! 우리는 누이동생을 산 채로 매장해 버렸단 말야! 내 감각이 예민한 것은 자네도 잘 알지 않나? 알겠나? 그 텅 빈 관에서 누이동생이 꿈틀거리며 외치는 소리가 희미하게 들렸네. 며칠 전부터 벌써 그 소리를 듣고 있었어. 그러면서도 나는, 나는 감히 말을 못한 거야! 그러나 이제, 오늘 밤, 에델레드, 하! 하! 은자의 집 문이 터지는 소리, 용이 죽는 소리, 방패가 쩽 울리며 떨어지는 소리! 그것은 누이동생의 관이 터지는 소리, 또는 지하실 철문의 돌쩌귀가 삐걱거리는 소리, 굴 속의 동판을 깐 마루에서 그 애가 기를 쓰는 소리라고 하는 것이 좋겠지. 아! 어디로 도망쳐야 할까? 그 애가 곧 이리 오지나 않을까? 내 성급한 행위를 힐책하러 달려오는 것이 아닐까? 계단을 올라오는 그 애의 발소리가 들리지 않느냔 말야! 그 애 심장이 무겁고도 무겁게 뛰는 것을 모를 줄 알고? 응, 이 미친놈아!」

여기까지 말하고 그는 갑자기 후다닥 일어나 있는 힘을 다하여 버럭 소리를 질렀다.

「이 미친놈아! 누이동생이 바로 문 밖에 와 있어!」

어셔가 하는 말의 초인간적 기세에는 마치 마법이라도 있었는지, 그가 가리킨 커다랗고 오래된 벽판이 갑자기 흑단의 한 모퉁이를 조용히 뒤로 열어젖혔다. 그것은 확 불어 들어온 폭풍의 소행이었겠지만. 그러나 그때 문밖에는 시의(屍衣)를 몸에 감은 키가 크고 호리호리한 레이디 매들레인이 서 있었다. 흰 옷에는 붉은 피가 점점이 묻어 있었고 여인의 몸 군데군데에는 극심한 고통의 자취가 엿보였다. 잠시 그녀는 문지방 위에서 부들부들 떨며 이리저리 비틀거리더니 얕은 신음소리와 함께 방안에 있는 오빠에게로 꽝 하고 쓰러졌다. 죽음의 고민으로 오빠를 마루 위에 내던지자, 어셔는 그만 자신이 예기하고 있던 바와 같이 공포의 희생물이 되어 버렸다.

이 방으로부터, 이 집으로부터 나는 기겁을 하여 도망쳤다. 내가 오래된 방죽을 건너고 있을 때도, 폭풍은 여전히 더 한층 그 범위를 넓혀 사방을 휩쓸고 있었다. 갑자기 한줄기의 이상한 빛이 길 위에 번쩍였다. 어디서 이런 빛이 흘러나오는지 궁금하여 뒤돌아보았다. 왜냐하면 내 뒤에는 쓸쓸한 집 한 채와 그 그림자 외에는 아무것도 없었기 때문이다. 그것은 둥그렇게 가라앉고 있는, 피 흐르는 듯한 시뻘건 만월(滿月)의 빛이었다. 달은 이제 내가 전에 얘기한, 그 전에는 보일 듯 말 듯했던 갈라진 벽 사이로 밝게 비치고 있었다. 우두커니 서서 바라보고 있으려니까 이 갈라진 벽 틈은 점점 넓어지고——회오리바람이 한 번 휙 불더니——달의 둥근 모양이 갑자기 내 눈앞에 크게 나타났다. 커다란 벽이 무너지며 무수한 조각이 되어 떨어지는 것을 보았을 때 나는 머리가 아뜩해짐을 느꼈다. 파도 소리와도 같은 길고 소란한 고함 소리가 들리더니, 내 발 밑에 있는 깊고 어둠침침한 늪이 음침하게, 소리도 없이 '어서 가'의 파편을 삼켜 버렸다. (1839년)

그림자
―하나의 우화―

읽고 있을 그대들은 아직 살아 있겠지만, 이 글을 쓰는 나는 이미 먼 옛날에 어두운 황천의 나라로 가버렸을 것이다. 왜냐하면 이 기록이 사람들에게 읽혀지기 전에 세상에는 참으로 기구한 사건이 일어나기도 하고, 감춰진 비밀이 폭로되기도 하고, 또 유구한 세월이 흐를 것임에 틀림없을 테니까. 그러므로 이 기록이 사람에게 읽혀진다 하더라도 믿지 않는 사람도 있을 것이다. 의심을 품는 사람들도 있을 것이다. 그러나 날카로운 쇠끝으로 깎아내듯이 심혈을 기울여 새긴 한 자 한 자를 깊은 생각에 잠긴 눈으로 쫓으며, 그 안에서 많은 의미를 찾으려는 몇몇 사람들도 있을 것이다.

그 해는 무서운 해였다. 무서운 것보다도 더 강렬한, 이 지구상의 언어로는 무어라 형용할 수 없는 느낌을 주는 해였다. 무수한 변사(變事)와 흉조(凶兆)가 원인과 근본조차 모르는 채 일어났으며, 악역(惡疫)의 꺼먼 날개는 온 세상을 훨훨 날아다녔다. 하늘에 무서운 흉조가 떠돌고 있음을 점성술에 정통한 사람들은 알고 있었다. 그 중의 하나인 나, 즉 그리스의 오이노스도, 794년의 주기(週期)가 이제는 다 마친 목성이 백양궁(白羊宮) 성좌(星座) 입구에서 무서운 토성의 붉은 바퀴와 부딪칠 때가 왔다는 것을 분명히 알았다. 내 판단이 틀리지 않는다면, 하늘의 이상한 영기(靈氣)가 지구 외부뿐만 아니라 인류의 영혼, 상상, 명상에까지 뚜렷이 나타났던 것이다.

프톨레마이스라는 어둠침침한 도시에 있는 어느 훌륭한 집의 응접실에서 우리들 일곱 사람은 밤에 빨간 샨 주(酒)병을 둘러싸고 앉아 있었다. 그 방에는 높다란 놋쇠문으로 된 출입구 외에는 다른 출입구가 없었다. 그리고 그 문은 코린노스라는 철세공의 손으로 된, 세상에서 찾아보기 힘든 세공물(細工物)이고, 방 안쪽에서 꽉 잠겨 있었다. 꺼먼 벽모전이 어둠침침한 방에 걸려 있어 달과 퍼런 별과 인기척 없는 거리는 내다볼 수 없었지만 '흉악' 의 전조와 기억만은 좀처럼 방안을 떠나지 않고 있었다.

특별하게 설명할 수 없는 여러 가지 현상이 우리들을 둘러싸고 있는 주위에서 일어났다. 물질적이며 영적인 현상——대기의 압력——질식감, 불안감 그리고 특히 신경과민에 빠진 사람이, 감각을 활발하게 움직이고 있지만 이해심이 정지되어 있을 때 느끼는 무서운 생활

상태, 죽은 듯한 억압감이 우리들을 꽉 누르고 있었다. 그것은 우리들의 사지를, 가구를, 심지어는 우리들이 주고받는 술잔까지도 무겁게 짓누르고 있었다.

그리고 우리들이 마주 앉은 술상과 방안의 모든 것을 환히 비추고 있는, 일곱 개의 쇠로 만든 램프의 불꽃을 제외한 모든 것은 무한한 적막감으로 눌려 있었다.

일곱 개의 램프 불꽃은 호리호리하고 가느다란 광선을 만들며 창백하게, 조금도 움직이지 않은 채 타고 있었다. 그리고 우리들이 둘러앉은 둥근 흑단의 술상 위로 떨어진 빛은 술상 위에 자연적인 거울을 이루고, 그 위에 떨어진 각자의 창백한 얼굴과 친구들의 내리뜨고 있는 눈의 무서운 시선을 볼 수 있게 하였다.

우리들은 공연히 큰소리로 웃어대며 제멋대로 지껄이고 있었지만, 그러나 그것은 모두 히스테리적인 것이었다. 아나크레온의 노래를 불렀지만 그것은 미친 지랄 같았다. 술을 실컷 마셨지만 자주색 술은 웬일인지 피를 연상케 했다. 왜냐하면 방안에 있는 조일루스라는 젊은 사나이 때문이다. 그는 이미 죽어서, 이 방의 수호신 마냥 다 썩은 시의를 몸에 감은 채 네 활개를 뻗고 드러누워 있었다. 아! 이 친구는 우리들의 술좌석에 한몫 낄 수도 없다. 그의 얼굴은 병에 시달리고, 죽어 넘어져, 활활 타오르는 악역의 불꽃이 반감(半減)된 두 눈은 마치 죽은 사람이 이제 황천의 길을 떠나려는 사람들의 최후의 환락을 즐겨 보고 있듯이, 우리들의 환락을 즐기며 들여다보고 있었다.

그러나 나, 오이노스는 죽은 사나이의 시선이 나에게로 쏠리고 있다는 것을 느꼈지만, 무서운 그 눈초리와 마주치지 않으려고 애를 쓰며, 술상 위에 만들어진 거울을 뚫어지게 쳐다보았다. 그리고는 큰소리로 떠들고 테이오스 아들의 노래를 크게 불렀다. 그러나 노랫소리는 점점 가늘어지고 그 반향은 멀리 방안의 벽모전에까지 굴러가서 점점 약해지고 희미해지더니 마침내는 사라져 버렸다. 그러나 보라! 노랫소리가 사라져 버린 바로 그 벽모전 사이로부터 시꺼멓고 희미한 하나의 그림자——하늘에 얕게 걸린 달이 사람의 모습을 비추고 있는 듯한 그림자——가 나타났다. 그러나 그것은 사람의 그림자도, 신의 그림자도, 혹은 그 비슷한 어떤 것의 그림자도 아니었는데, 마침내 놋쇠문에 그 모습을 완전히 드러냈다. 그것은 애매하고 정체를 알 수 없는 걷잡을 수 없는 것이었고, 사람의 그림자도 아니요, 신——그리스의 신, 칼다이아의 신, 이집트의 신——의 그림자도 아니었다. 그림자는 놋쇠문 위에 걸린 채 문의 둥근 옥반(屋磐) 아래에서 꼼짝도 않고, 말 한 마디도 없이, 죽은 듯이 달라붙어 있었다.

　이 그림자가 덮인 문은 다 썩은 시의를 입은 젊은 조일루스의 발이 놓여 있는 반대쪽에 있었다. 그러나 우리 일곱 사람들은 그 그림자가 벽모전 사이에서 나타난 줄 알고 있으면서도 그 정체를 밝히려 하지 않고, 눈을 밑으로 내리깐 채 술상 안의 거울만 뚫어져라 들여다보았다. 그때 겨우 나, 오이노스가 두려운 목소리로 그림자에게 그의 주소와 이름을 물었다.

「나는 그림자다. 그리고 내 주소는 저 더러운 카로니아 운하에서 가까운, 어둠침침한 헬루시온 광야 근처에 있는 프톨레마이스의 지하 묘지 부근이다.」하고 그림자는 말했다.

이 말을 들은 우리들은 기겁하여 대번에 후다닥 일어나, 얼굴이 새파랗게 질린 채 부들부들 떨며 서 있었다. 왜냐하면 그 소리는 그림자 하나의 목소리가 아니라 많은 사람들의 목소리였으며, 한마디 한마디씩 목소리가 달라지면서, 이미 죽은 많은 고우(故友)들의 귀에 익은 음조가 되어 우리들의 귀에 침울하게 파고들었기 때문이었다.

(1835년)

절름발이 개구리

그 임금처럼 농담을 좋아하는 사람도 드물었다. 마치 그는 농담을 위해서 태어나, 농담을 위해 사는 사람 같았다. 임금의 신임을 얻는 데는 그럴싸한 농담을 잘하는 것이 가장 확실한 길이었다. 그러므로 일곱 명의 대신들은 모두가 다 익살꾼으로서 그 방면에 재간이 많은, 국내에서 손꼽히는 사람들이었다. 그들은 농에 있어서 국내에서 제일가는 인물들일 뿐 아니라 비대하고 투실투실하게 기름진 점도 임금과 꼭 닮아 있었다. 농담을 하면 저절로 뚱뚱해지는지 혹은 뚱뚱해지기만 하면 저절로 농담을 잘하게 되는지, 그 점은 아직 단정할 수 없지만, 여하튼 말라빠진 재담꾼이란 그다지 많지 않은 것만은 확실하다.

임금은 품위, 즉 임금 자신의 말을 인용하면 '기지(機智)의 정신'

은 전혀 염두에 두지 않았다. 익살에 있어서도 그는 내용이 풍부하고 짧은 것을 특히 즐겼다. 그러나 내용만 풍부하다면 길다고 해도 별반 싫어하지는 않았다. 그리고 미묘하달지 복잡하달지 한 것에는 싫증을 냈다. 그는 볼테에르의 『자디그(주인공 자디그를 내세워 그 시대를 풍자한 우의소설)』보다도 라블레의 『가르강튀아(전5권으로 된 풍자소설 중 제1서의 제목이며 주인공 이름)』를 좋아하는 편이었고 대체로 농담보다는 장난이 그의 취미에 맞아 떨어졌다.

이 이야기의 시대는 농담을 직업으로 하여 살고 있는 사람들이 궁정(宮廷)에 있을 때였다. 유럽 대륙의 열강 제국에서는 아직까지 '광대'들을 두었다. 알록달록한 옷을 입고 방울 달린 모자를 쓴 이 광대들은 임금의 식탁에서 굴러떨어진 빵부스러기들을 소재로 언제든지 날카로운 익살이 즉석에서 술술 튀어 나올 준비가 되어 있어야만 했다.

이 임금도 물론 광대를 두었다. 임금은 무엇이든지 익살맞은 것을——그의 대신들인 일곱 대신의 아둔한 지혜에 알맞기만 하면——자기 자신에 관한 언급이 아닌 한 요구했다.

그러나 이 임금이 둔 광대, 즉 직업적 익살꾼은 흔히 볼 수 있는 그러한 광대가 아니었다. 이 광대는 난쟁이며 절름발이라는 사실만으로도 임금의 눈에는 세 배의 가치가 있었던 것이다. 그 당시 궁정에는 광대가 있으면 으레 난쟁이도 있었다. 그리고 수많은 임금들은 함께 웃어댈 광대와 웃기는 난쟁이가 없으면 어떻게 해서 하루를 보내야 할지 (궁정은 다른 데보다도 해가 길다) 걱정이 될 것이다.

그러나 앞서 말한 바와 같이 익살꾼이라는 작자들은 백에 아흔 아홉까지는 비대하고 육중하고 뻔뻔스러운 위인들이었다. 그러므로 그중 하나인 '절름발이 개구리(이것이 이 광대의 이름이었다)' 가 한 몸에 이 세 가지의 완벽한 조건을 갖추고 있다는 것은 임금에게 있어서 적지 않은 만족의 근원이었다.

'절름발이 개구리' 라는 이름은 이 난쟁이가 세례 때 받은 이름이 아니라, 그가 다른 사람들처럼 걷지 못하는 탓으로 일곱 대신의 연석 각의(連席閣議)의 결과 그에게 부여된 이름이었다. 사실 '절름발이 개구리' 의 걷는 모습은 뛰는지 뒹구는지 알 수 없을 정도이다. 머뭇머뭇하다가 한 걸음 떼어놓는 꼴인데, 그는 그러한 걸음걸이로 겨우 움직일 수 있었다. 그리고 이 움직이는 꼬락서니가 무한한 흥취를 일으켰으므로 임금에게도 위안을 준 것은 사실이었다. 왜냐하면 사실——임금 자신은 배가 툭 튀어나왔고 날 때부터 골통 장군이었음에도 불구하고——임금은 조정의 모든 신하들로부터 훌륭한 체구라고 칭찬을 받고 있었기 때문이다.

그러나 절름발이 개구리는 두 다리가 뒤틀려 길과 마루 위를 걸을 때는 겨우 아기작아기작 걸을 수 있는 정도였지만, 자연은 하체의 결점 대신으로 비상한 완력을 그에게 주었던지 나무타기라든지 줄타기라든지 그 밖에 좌우간 올라가는 것에 있어선 무엇이고간에 놀랄 만한 재주를 부릴 수 있었다. 이러한 재간을 보일 때 그는 개구리라고 불리우는 것보다 오히려 다람쥐 또는 조그마한 원숭이라고 불리우는 것이 더 어울렸다.

이 절름발이 개구리가 본시 어느 곳에서 왔는지는 알 수 없지만, 아무도 그 이름을 듣지 못한 어느 벽촌——왕궁으로부터 멀리 떨어져 있는 곳——에서 온 것만은 확실했다. 절름발이 개구리와, 그에 못지않게 키가 작았지만 몸매가 날씬하고 훌륭한 무용수인 젊은 처녀는 임금의 지배하에 있는 상승 장군(常勝將軍)의 하나가 이웃 나라에 있는 그들 각자의 고향에서부터 강제로 끌고 와 임금에게 진상품으로 바친 것이었다.

이러한 사정은 이 두 난쟁이 사이에 친밀한 애정이 생기게 하는 자연스런 역할을 했다.

그들은 곧 장래를 약속한 사이가 되었다. 절름발이 개구리는 여러 재주를 부렸지만 결코 인기가 있는 편은 아니었으므로 트리페타에게 별로 도움이 되지는 않았다. 그러나 비록 난쟁이였지만 그녀는 아담하고 뛰어나게 아름다웠기 때문에 모든 사람들의 존경과 사랑을 한 몸에 받고 있었다. 그녀의 세력은 대단해서 기회가 있을 때마다 그녀는 될 수 있는 대로 절름발이 개구리를 위해 그 세력을 이용하는 걸 잊지 않았다.

어느 큰 잔치 때에——무슨 잔치인지 그 이름은 잊어버렸지만——임금은 가장 무도회를 열 계획을 세웠다. 가장 무도회, 또는 그런 종류의 잔치가 궁중에서 열릴 때에는 언제나 절름발이 개구리와 트리페타의 연희(演戱)에 많은 것이 기대되었다. 특히 절름발이 개구리는 야외극을 조직하거나 재미난 배역을 연출하고 의상 준비를 하는 데 뛰어난 재주가 있었으므로 그의 도움이 없이는 아무것도 되지 않을 정도였다.

드디어 잔칫날로 정해 놓은 밤이 왔다. 트리페타의 지휘 아래서 화려한 대청은 가장 무도회에 빛을 줄 수 있는 갖은 구색의 의장(意匠)이 갖춰져 장식되었다. 궁정 안은 상하를 막론하고 온통 가장 무도회에 대한 기대로 들끓고 있었다. 의상과 배역에 관해선 각자가 벌써부터 나름대로 결정하고 있었다.

대부분의 사람들은 어떤 가장을 할 것인가 하는 것을 일주일, 아니 한달 전부터 이미 정해 놓고 있었다. 그리고 임금과 일곱 대신을 제외하고는 무엇이든간에 결정되지 않은 것이라곤 하나도 없었다. 왜 그들만이 꾸물거리고 있는지, 그것 역시 익살과 배짱에서 나온 것이 아니라면 그 외에 무슨 까닭으로 그러는 것인지 알 수 없었다. 어쩌면 너무 뚱뚱해서 어떤 모양새로 가장을 해야 좋을지 결정할 수 없어서 그러는지도 모른다.

하여튼 시간은 빨리 흘러갔다. 그래서 그들은 최후의 수단으로 절름발이 개구리와 트리페타를 불러들였다.

이 조그마한 두 친구가 임금의 부름을 받고 그 곁에 왔을 때, 임금은 대신들과 함께 술상을 벌리고 있었다.

그러나 웬일인지 임금의 기분이 좋아 보이지 않았다. 임금은 절름발이 개구리가 술을 싫어하는 것을 잘 알고 있었다. 술은 이 난쟁이를 흥분시켜 마치 미친 사람처럼 만들기 때문이다. 그리고 그러한 꼴이 된다는 것은 절름발이 개구리 자신에게 있어서는 결코 유쾌한 일이 아니었지만 임금은 장난을 하고 싶었고 절름발이 개구리에게 억지로 술을 먹여 소위 임금의 말대로 그를 '쾌활하게 만들고' 싶었던 것이다.

「가까이 오너라, 절름발이 개구리야.」하고 임금은 절름발이 개구리와 트리페타가 방안으로 들어오자 말했다.

「자, 이리 와서 이 술 한 잔을 고향에 있는 네 친구들의 건강을 위해 마셔라(이 말을 듣고 절름발이 개구리는 한숨을 내쉬었다). 그리고 네게 특별한 생각이 있을 테니까 그걸 듣기로 하자. 우리들도 배역이 필요하단 말이다, 배역이. 좀 색다른 것으로, 이제껏 하던 것과는 좀 다른 것으로. 그런 것에는 아주 싫증이 났거든 자, 들어라, 한잔 들면 좋은 생각이 나올 테니까.」

절름발이 개구리는 전처럼 임금의 말에 익살로 대꾸하려고 애를 썼지만 그 노력은 헛수고였다. 그날은 우연히도 이 불쌍한 난쟁이의 생일날이었던 것이다. 더군다나 '고향의 친구를 위해 한잔하라'는 임금의 명령은 그의 두 눈에서 눈물을 흘리게 했던 것이다. 이 폭군의 손으로부터 공손히 술잔을 받아들었을 때, 그 속으로 구슬 같은 눈물이 뚝뚝 떨어졌다.

「하! 하! 하! 하!」

임금은 난쟁이가 마지못해 술잔을 기울이는 걸 보자 껄껄대며 웃었다.

「술이란 놈은 참 좋은 놈이란 말야! 자 봐라, 네 눈이 벌써 번쩍이는구나!」

불쌍하게도 그의 커다란 두 눈은 번쩍인다기보다는 오히려 흐릿해져 있었다. 왜냐하면 술은 그의 흥분하기 쉬운 뇌를 꽉 찔렀을 뿐만 아니라 도는 점도 빨랐던 것이다. 그는 술잔을 상 위에 던지다시피 내려놓고 흐릿해진 눈으로 좌우의 사람들을 휘둘러보았다. 그들은 모두 임금의 '장난'이 성공한 것을 보고 대단히 즐거워하고 있는 모양이었다.

「자, 그러면 시작해 볼까요?」하고 아주 뚱뚱보인 수상(首相)이 말을 꺼냈다.

「그렇게 하지.」하고 임금이 대꾸했다.

「자, 절름발이 개구리야, 도와달란 말이다. 무슨 배역을 해야 좋단 말이냐. 응? 얘야. 우리들은 배역이 필요하다구. 우리들 모두. 하! 하! 하!」

그리고 이 말은 임금이 익살스럽게 하는 말인지라 일곱 대신도 그 뒤를 따라 껄껄댔다. 절름발이 개구리도 따라 웃었다. 약하고 어딘지 공허감을 주는 듯한 웃음이었지만.

「자, 자!」하고 임금은 답답하다는 듯이 재촉했다.

「무슨 좋은 방법이 없느냐?」

「색다른 것을 생각해 내려고 지금 궁리하고 있사옵니다.」하고 술로 정신이 오락가락해진 난쟁이는 좀 건방지게 대답했다.

「궁리중이라!」하고 폭군은 버럭 소리를 질렀다.

「그건 대체 무슨 뜻이냐? 아, 알았다. 네가 퉁명을 부리고 있는 게로구나. 버러지 같은 놈. 술을 좀더 마셔야 되겠단 말이지. 자, 그렇다면 한 잔 더 마셔라, 자 받아라!」

그러면서 임금은 잔에 또 술을 가득 따라 절름발이 개구리에게 내밀었다. 그러나 그는 숨을 헐떡거리며 술잔을 빤히 바라보고만 있었다.

「마시라니까!」하고 악독한 임금은 소리쳤다.

「마시지 않으면 내 부하들이…….」

절름발이 개구리는 사뭇 머뭇거렸다. 임금은 발끈하여 얼굴색이 새파래졌다. 일곱 대신들은 얼굴에 웃음을 띠고 있었다. 트리페타가 죽은 사람처럼 새파랗게 질려 왕좌로 걸어 나와 그 앞에 엎드려 동료의 용서를 애원했다.

폭군은 트리페타의 당돌한 행동에 어처구니 없다는 듯이 잠깐 그녀를 내려다보았다. 어찌해야 좋을까, 뭐라고 해야 좋을까, 어떤 방법으로 자기의 분노를 적당히 표시할 수 있을까 망설이는 듯했다. 마침내 한 마디도 하지 않은 채 임금은 그녀를 홱 떠다밀더니 가득히 부은 술잔의 술을 그녀의 얼굴에 뿌렸다.

이 가련한 여자는 겨우 몸을 일으키고 한숨 한 번 쉬지 못한 채 상

끝에 있는 제자리로 돌아갔다.

잠시 동안 방안 쥐죽은 듯한 고요한 침묵이 흘렀다. 그 순간에는 한 장의 나뭇잎, 한 개의 깃털이 떨어지는 소리라도 들렸을 것이다. 이 고요한 침묵은 방 끝으로부터 들려오는 것같이 얕은, 귀에 거슬리는 이 가는 긴 소리로 인해 깨졌다.

「뭐——뭐——아, 이놈아, 그 소리는 뭐야?」하고 임금은 무섭게 절름발이 개구리를 향하며 물었다.

절름발이 개구리는 술이 꽤 깬 낯으로 폭군의 얼굴을 빤히 쳐다보며 이렇게 말했다.

「제가요? 천만의 말씀을요.」

「그 소린 아마 밖에서부터 들려온 것 같습니다. 창에 있는 앵무새가 주둥이를 새장에 비벼대는 소리 같습니다.」하고 대신 하나가 말했다.

「암, 그렇겠지.」 임금은 이 대답으로 다소 마음이 풀어졌다는 듯이 말했다.

「난 이 고약한 녀석이 이 가는 소리인 줄 알았거든.」

이 말을 듣고 난쟁이는 웃었다(임금은 다른 사람을 웃지 못하게 할 만큼 도량 없는 익살꾼은 아니었다). 그래서 절름발이 개구리는 철문만큼이나 튼튼하고 새까만 이를 내놓고 껄껄거리며, 얼마든지 마시라는 대로 술을 마시겠노라고 말했다.

임금의 분노는 씻은 듯이 깨끗이 사라졌다. 이렇게 또 한 잔의 술을 쭉 들이켠 후에 절름발이 개구리는 곧 가벼운 마음으로 가장 무도회 준비에 착수했다.

「왜 갑자기 이 생각이 머리에 떠올랐는지는 모르겠습니다만.」하고 그는 태연자약하게, 생전 한 방울의 술도 입에 댄 적이 없었다는 듯이 말했다.

「폐하께서 트리페타를 때리시고, 그의 면상에다 술을 뿌리셨을 때──폐하가 그런 짓을 하신 바로 그 순간──그리고 앵무새가 창 밖에서 이상한 소리를 내고 있었을 때 갑자기 머리에 굉장한 생각이 하나 떠올랐습니다.──소인의 고향에서 하는 유희올시다──우리 고향에서는 가장 무도회 때 흔히들 하는 것이지만 이곳에선 아주 신기할 것입니다. 그러나 사람 수가 여덟 명이나 필요하다는 것이 좀 뭐하긴 합니다만, 그리고……」

「됐다, 됐어!」하고 임금은 자기가 그 사람 수를 찾아낸 것에 만족하듯 웃음을 터뜨리며 소리질렀다.

「꼭 여덟 명이로구나. 나와 대신 일곱하고. 자! 그런데 대체 어떤 것이냐?」

「우리들은 그것을 ‘쇠사슬로 맨 여덟 마리의 성성이’라고 부릅니다. 잘만 하면 아주 재미있습니다.」하고 절름발이 개구리는 대답했다.

「우리들이 그것을 하기로 하자!」하고 임금은 앞으로 한 걸음 다가앉아 눈을 가늘게 뜨며 좋아했다.

「이 놀이의 묘미는…….」하고 절름발이 개구리는 계속했다.

「귀부인들 사이를 돌아다니면서 그들을 경악시키는 데 있읍죠.」

「재미있겠는걸!」하고 임금과 일곱 대신들은 이구동성으로 일제히 외쳤다.

「소인이 폐하와 각하들을 성성이로 가장해 드리겠습니다.」하고 절름발이 개구리는 말했다.

「소인에게 모든 걸 맡기십시오. 가장 무도회에 오신 손님들이 폐하와 각하들을 진짜 성성이가 온 줄 알게 감쪽같이 가장해 드리겠습니다. 이렇게 되면 손님들은 놀라 질겁을 할 겁니다.」

「오, 그것 참 훌륭하구나!」하고 임금은 경탄했다.

「절름발이 개구리야! 너도 한몫 단단히 하도록.」

「굳이 쇠사슬로 묶는 것은 쩔렁쩔렁 하는 소리로 한층 더 혼잡하게 하기 위해서입니다. 폐하와 각하들께서는 다같이 방금 우리에서 도망나온 것처럼 보여야 합니다. 쇠사슬로 묶인 성성이 떼가 일으킨 소동은 폐하도 좀 상상하시기 어려우실 겁니다. 모든 손님들에겐 진짜 성성이처럼 보일 것이고 그것들이 무서운 고함 소리를 마구 질러대며 나들이옷을 곱게 입고 온 남녀 손님들 사이를 헤집고 다닙니다. 그 재미야말로 뭐라 할 수 없을 만큼 클 것입니다.」

「그도 그렇겠군!」하고 임금이 말을 마쳤을 때는 어느덧 어둠이 깊어가고 있었기 때문에 회의를 서둘러 끝내고 절름발이 개구리의 계획을 실천에 옮기기 위해 준비에 들어갔다.

절름발이 개구리는 지극히 간단한 분장으로 임금과 대신들을 성성이로 가장시켰지만 그의 목적을 위해선 너무도 효과적이었다. 문제의 동물은 이 이야기의 시대에 있어 문명국에 있어선 거의 찾아 볼수 없는 것이었다. 그리고 절름발이 개구리가 만들어 낸 가장은 그들을 진짜 성성이처럼 보이게 하는 데 충분했고, 그 모양은 더할 나위없이 무서웠으므로 이것으로 그들의 가장은 대성공이었다.

우선 임금과 대신들은 몸에 꼭 맞는 셔츠와 바지를 입고 그 위를 타르로 새까맣게 칠을 했다. 대신 중 하나가 깃을 사용하면 어떻겠느냐고 제의했지만 절름발이 개구리는 이 제안을 곧 물리쳤다. 그는 성성이의 겉모습을 흉내 내기에는 깃보다도 삼([麻])이 더 적당하다는 것을 눈앞의 실례로 보여주며 여덟 명을 납득시켰다. 그렇게 해서 타르를 바른 몸 위에 삼을 두툼하게 붙였다. 그 다음엔 쇠사슬을 구해다가 우선 임금의 허리에 감고, 이런 순서로 남은 일곱 사람도 똑같이 잡아맸다.

분장을 마쳤을 때, 그들이 가능한 대로 간격을 두고 서니까 하나의 원이 되었다. 그리고 모든 것을 자연스럽게 보이도록 하기 위해서 절름발이 개구리는 나머지 쇠사슬을 그 원 내부에 십자형으로 비끄러맸다. 이것은 현재 보르네오에서 침팬지나 커다란 원숭이들을 잡는 방법을 그대로 흉내 낸 것이었다.

가장 무도회가 열릴 대무도장은 천장이 굉장히 높은 둥근방이었고, 천장에 달린 하나밖에 없는 창으로부터 햇빛이 흘러 들어왔다.

밤에는(무도회 때문에 그날 밤 이 방은 특별히 설계되었지만) 주로 천장에 달린 큰 지형(枝形) 촛대가 켜졌다. 이 촛대는 창 한복판으로부터 쇠사슬로 매달려 있었고, 이러한 곳에 늘상 사용되는 평형추(平衡錘)를 이용해서 상하를 오르내릴 수 있도록 장치되어 있었다. 그러나 오늘은 거추장스럽게 보이지 않도록 하기 위해서 이 촛대는 천장 밖 지붕 위로 치워져 있었다.

방안의 준비는 트리페타가 일임하여 진행하고 있었다. 그러나 그녀는 몇 가지 점에 있어선 암암리에 친구인 절름발이 개구리의 제안을 받아들인 것 같다. 그의 제안에 따라 이번 가장 무도회에서는 그 촛대를 치워 버렸던 것이다. 날씨가 너무 더워 초가 녹아 내리는 것을 방지할 수 없었기 때문에 촛농이 귀빈들의 훌륭한 옷을 더럽힐 것 같았던 것이다. 왜냐하면 무도장이 사람들로 혼잡을 이루었을 때 의도와는 상관없이 무도장 가운데의 촛대 밑으로 사람들이 밀려갈 수 있기 때문이었다.

여분의 벽촉대(壁燭臺)가 사람들에게 방해가 되지 않을 정도로 방 이곳 저곳에 설치되었다. 그리고 벽을 등지고 서 있는 약 5,60개 정도의 여상주(女像柱)의 오른손에는 향내가 나는 횃불대가 들려져 있었다.

여덟 마리의 성성이들은 절름발이 개구리의 지시에 따라 밤이 으슥할 때까지 나타나지 못하고 시간이 되기만 기다리고 있었다. 이제 방안은 가장을 한 사람들로 가득 찼다. 이윽고 시계의 종소리가 나자, 그것이 채 그치기도 전에 여덟 마리의 성성이들은 일제히 달려 나왔다. 아니, 굴러 들어왔다고 표현하는 것이 나았다. 왜냐하면 들어올 때, 쇠사슬에 걸려서 대부분 넘어졌기 때문이었다. 넘어지지 않는 사람도 모두들 비틀거렸다.

무도회장에 있던 가장자들의 놀라움은 대단했다. 그래서 임금은 마음이 흡족했다. 예상했던 것처럼 손님들 대다수가 이 끔찍한 짐승들을 성성이라고는 미처 생각 못했다 하더라도 진짜 짐승이라고 생각했던 것이다.

많은 부인들은 너무 놀란 나머지 기절했다. 그리고 만일 임금이 미리 무도장 안으로 무기 반입을 일체 엄금시키지 않았더라면, 임금 일동은 자신들의 장난으로 자기들의 몸을 피로 물들였을지도 모른다. 이런 까닭으로 모든 사람들은 문 쪽으로 밀려 갔다. 그러나 임금은 그가 방안으로 들어가자마자 곧 방문을 잠가 버리라고 명령해 두었다. 그리고 절름발이 개구리의 제의에 따라 그 열쇠는 그가 맡게 돼 있었다.

방안은 삽시간에 아수라장이 되었고, 모든 가장자들은 다른 사람이야 어찌되든 자기 일신의 안전만을 찾았다.

그때 평상시에는 지형 촛대가 달려 있고 그렇지 않을 때는 치워져 있던 쇠사슬이 서서히 내려오는 것이 보였다. 그리고 그 쇠사슬의 갈퀴 끝은 마루 위 3피트까지 내려왔다.

잠시 후 방안을 이리저리 헤집고 돌아다니던 임금과 일곱 대신들은 마침내 방 한가운데로, 쇠사슬의 끝이 그들의 몸에 닿는 곳에까지 오게 되었다. 그들이 이처럼 방 한가운데로 오게 되었을 때, 그때까지 그들의 뒤를 소리도 없이 쫓아다니며 소동을 선동하고 있던 절름발이 개구리가 십자형으로 비끄러맨 쇠사슬의 한가운데를 붙잡아 순식간에 지형 촛대를 걸어두는 쇠갈고리에 걸어 넣었다.

그러나 눈깜짝할 사이에 어떤 눈에 보이지 않는 힘으로 지형 촛대의 쇠사슬 갈고리는 손이 닿지 않을 만한 높이까지 끌려 올라갔다. 그 결과 어쩔 수 없이 성성이들은 얼굴을 서로 맞댄 채 한덩어리가 되어 끌려 올라갔다.

가장자들의 놀라움은 잠시 가라앉는 듯했다. 그리고 모든 것이 다 잘 계획된 장난인 것으로 알고 있었으므로, 이 곤궁에 처한 성성이들의 꼴을 보고서 그들 사이에서는 한바탕 큰 웃음 소리가 터져 나왔다.

「그 녀석들은 내게 맡겨 두시오!」하고 절름발이 개구리가 외쳤다. 그의 날카로운 목소리는 소란한 가운데서도 뚜렷이 들렸다.

「그 녀석들이 누구인지 알 것 같습니다. 잠시 후에 그 녀석들이 누군지 알려드리겠습니다.」

절름발이 개구리는 이와 같이 말을 하며 군중들의 머리 위를 스치고 지나 벽으로 가서는 여상주의 횃불을 하나 집어들고 다시 방 한가운데로 돌아왔다. 그는 순식간에 원숭이처럼 날쌔게 임금의 머리 위로 뛰어오르더니 또다시 거기서부터 쇠사슬 위로 2,3피트쯤 기어 올라갔다. 그리고 횃불을 높이 쳐들고 성성이들을 조사하는 척하며 더욱 크고 날카로운 소리로 외쳤다.

「나는 곧 이 녀석들이 누군지 알아낼 것입니다.」

성성이를 포함한 방안 사람들은 이 말을 듣고 배를 움켜잡은 채 한바탕 웃어댔다. 그때 절름발이 개구리의 휘파람 소리가 사람들의 귓가로 날카롭게 파고들었다. 그 순간 갑자기 쇠사슬이 맹렬한 기세로 약 30피트 위로 휙 올라가고, 그와 동시에 놀라 기를 쓰는 성성이들도 위로 끌려 올라가 창과 마루 사이 한복판에 대롱대롱 매달려 있게 되었다.

절름발이 개구리는 쇠사슬이 올라갈 때 쇠사슬에다 몸을 밀착시킨 채 마치 아무 일도 아니라는 듯 전과 같은 위치를 유지하고 있었다. 그리고 그들이 누군지 알아내려는 태도로 횃불을 그쪽으로 쑥 내밀었다.

무도장의 사람들은 성성이들이 매달린 광경에 놀라 잠깐 동안 침묵을 지켰다. 이 침묵은 전날 임금이 트리페타의 얼굴에 술잔을 내던졌을 때 임금과 일곱 대신들의 주의를 끌었던 것과 같은, 귀에 거슬리는 소리로 인해 깨졌다. 그러나 이번엔 누가 내는 소리인지 의심할 여지가 없었다. 그것은 절름발이 개구리의 뱀 어금니 같은 이빨 사이에서 나온 소리였다. 그가 거품을 내뿜으며 이를 뿌득뿌득 간 것이었다. 그리고 격노하여 벌겋게 타오른 얼굴로 임금과 일곱 대신들의 얼굴을 훑어보고 있었다.

「아하! 이제야 알겠군!」하고 노여움으로 마치 불덩어리가 된 듯한 절름발이 개구리가 말했다. 그는 임금을 더 자세히 보려는 듯이 횃불을 쳐들어 임금의 전신을 싸고 있는 삼옷에 갖다 대었다. 온몸은 삽시간에 불덩어리가 되어 타올랐다. 30초도 채 못 되어 여덟 마리의 성성이들은, 온통 불덩어리가 되어 맹렬한 기세로 타올랐고 군중들은 두려움에 떨며 멍하니 위만 쳐다보고 있었다.

삽시간에 불길이 활활 타올랐으므로 난쟁이는 불길이 닿지 않는 위까지 쇠사슬을 타고 기어 올라갔다. 그 동안 또 방안에 잠시 쥐죽은 듯한 고요가 흘렀다. 절름발이 개구리는 그 기회를 놓치지 않고 또다시 말을 이었다.

「이 작자들이 누군지 이제는 확실히 알겠어.」하고 난쟁이는 말했다.

「이 녀석들은 임금과 일곱 대신이다. 허약한 여자를 때리고도 조금도 양심의 가책을 느끼지 않는 임금과 그 임금을 부추긴 일곱 대신들이다. 자, 그리고 나라는 자는, 다른 사람이 아니라 익살꾼 절름발이 개구리. 그리고 이것이 내 마지막 익살이란 말이다.」

타르와 그것에 바싹 달라붙은 삼은 불붙기에 아주 쉬웠으므로 절름발이 개구리의 이 짧은 연설이 채 끝나기도 전에 복수는 끝이 났다.

여덟 구의 시체는 심한 악취를 풍기고 무시무시한 한 덩어리가 되어 쇠사슬 끝에 매달린 채 흔들리고 있었다. 절름발이 개구리는 횃불을 그쪽으로 던지고 유유히 천장으로 기어 올라가 창밖으로 사라져 버렸다. 트리페타가 무도장 지붕 위에서 이 복수극을 지원하였던 것 같으나 확실치는 않았다. 그리고 그들은 둘 다 그들의 고국으로 도망쳐 버렸는지, 그 후 그들의 모습은 이 나라 안에서 다시는 볼 수 없었다. (1840년)

황금충

　몇 해 전 나는 윌리엄 레그랜드라는 사람과 가까이 지냈다. 그는 위그노 교도(教徒)의 오래된 가문의 한 사람으로, 한때는 큰 부자로 호화롭게 생활하였지만 그 후 계속해서 닥쳐온 불행으로 빈궁한 처지에 빠지게 되었다. 그러한 재난 뒤에 들려지는 욕설과 야유를 피하기 위하여 그는 선조 대대로 살아오던 뉴올리안즈 시를 떠나, 사우스 캐롤라이나 주, 찰스턴 근처에 있는 설리반 도(島)로 이사해 버렸다.

　이 섬은 아주 기이하게 생긴 섬이다. 섬 전체가 거의 모래로 뒤덮여 있고 길이는 약 3마일 가량이며 너비는 어디서든지간에 4분의 1마일을 넘지 않았다. 이 섬은 갈대와 진흙의 넓은 늪 사이를 쫄쫄거리며 흘러가는 거의 눈에 띄지 않는 작은 강으로 본토와 분리되어 있었고 이곳에는 황새들이 즐겨 찾아들곤 했다.

식물은 거의 자라지 않았고, 있다고 해봐야 앙상한 것뿐이며 제법 나무다운 나무는 전혀 눈에 띄지 않았다. 몰트리 보루(堡壘)가 우뚝 서 있고 여름 한때 찰스턴의 먼지와 더위를 피해 온 사람들이 사는 몇 채의 쓸쓸하고 초라한 집들이 서 있는 서쪽 끝에는 대머리에 남아 있는 머리카락처럼 앙상한 종려나무가 몇 그루 보였다. 하지만 이 서쪽 끝과 굳은 흰 모래로 덮여 있는 해안선을 제외하고는 섬 전체가 영국 원예가들이 사랑하는 향기로운 도금양나무의 울창한 관목으로 덮여 있었다. 이곳 관목들은 높이가 대개 15 내지 20피트였고, 헤치고 들어갈 수 없을 만큼 빽빽하게 우거져 있으며, 그 부근의 공기는 관목의 향기로 가득 차 있었다.

이런 곳에 오두막집을 한 채 짓고 살고 있었으며, 그때 우리는 우연히 알게 되었다. 우리들은 점점 친해졌다. 왜냐하면 그는 흥미와 존경을 불러일으킬 만한 점을 많이 가지고 있었기 때문이다. 그는 학식이 높았고 명석한 두뇌를 가지고 있었지만, 염세병(厭世病)에 걸려 열심히 이야기하다가도 갑자기 우울해지는 버릇이 있었다. 지니고 있는 서적도 상당히 많았지만 그다지 읽지는 않았다. 그의 중요한 즐거움은 사냥과 고기잡이 또는 바닷가와 숲 사이를 싸돌아다니며 조개 껍데기라든지 곤충들을 채집하는 일이었다. 특히 곤충 채집에 있어선 스바메르담(Jan Swammerdam, 1837~1880 네덜란드의 곤충학자) 같은 대 곤충학자도 부러워할 만했다.

그가 채집을 나갈 때에는 반드시 주피터라는 늙은 흑인과 함께 다녔다. 이 흑인은 레그랜드의 집안이 망하기 훨씬 전에 자유의 몸이 되었지만 젊은 '윌 도련님'의 뒤를 보살피는 것이 마치 자기의 특권인 양 생각했다. 그에게 위협도 해보고 달래도 보았지만 막무가내로 듣지 않으며 그 짓을 그만두려 하지 않았다. 어쩌면 레그랜드의 친척들이 그의 정신이 좀 성치 못하다는 것을 알고서 그를 감독하고 보호하기 위해 주피터에게 그러한 완고한 버릇을 머리 속에다 깊이 심어 주었는지도 모를 일이었다.

설리반 섬이 위치하고 있는 위도상(緯度上)은 겨울이라 해도 그렇게 춥지는 않다. 그래서 불 없이는 지낼 수 없을 정도로 추운 날은 아주 드물다. 그런데 18××년 10월 중순경, 아주 날씨가 냉랭한 날이 하루 있었다.

그날 바로 해가 저물기 전에 나는 상록수의 밑을 지나 여러 주일 만나지 못한 레그랜드를 방문하였다. 그때 나는 찰스턴에 살고 있었는데 이 섬과는 약 9마일 정도 떨어져 있었고 요즘보다는 왕래하기가 썩 불편하였다. 그의 집에 도착한 나는 늘 그렇듯이 문을 열고 안으로 들어갔다. 난로에는 불이 이글이글 타고 있었다. 이것은 좀 이상한 일이었지만 그렇다고 해서 불쾌한 일은 아니었으므로, 나는 외투를 벗고 타고 있는 장작 앞으로 의자를 끌어다 걸터앉아 주인이 돌아오기를 기다리고 있었다.

해가 저물자 얼마 지나지 않아 그들이 돌아왔는데, 그는 나를 진심으로 반갑게 맞아 주었다. 주피터는 입을 커다랗게 벌리고 웃으면서

뜸부기 요리를 저녁 식사로 준비하겠다고 떠들어대며 수선을 피웠다. 레그랜드는 또 갑자기 열중하게 되는 발작——별로 다른 말로 설명할 길이 없다——이 일어난 것 같았다. 그는 아직 세상에 알려지지 않은 새로운 종류의 쌍조개껍데기를 발견하였고, 더군다나 주피터의 도움으로 아주 진종(珍種)으로 믿겨지는 갑충(甲蟲)을 한 마리 잡았는데, 그것에 관해선 내일 아침 내 의견을 듣고 싶다는 것이었다.

「왜, 오늘밤이면 안 되겠나?」하고 나는 불을 쬐던 손을 비비며 갑충이건 도깨비건 상관없다는 식으로 물었다.

「아, 그야 오늘밤 자네가 우리 집에 올 줄 미리 알았다면!」하고 레그랜드는 말했다.

「더욱이 자네를 본 지가 꽤 오래되었으니, 어떻게 자네가 오늘 밤에 오리라는 걸 예측할 수 있었겠나? 오는 도중에 G중위를 만나, 어리석게도 그 곤충을 그에게 빌려 주었네 그려. 그래서 내일 아침까지는 그걸 자네에게 보여 줄 수 없단 말일세. 오늘밤 우리 집에서 쉬게. 그러면 새벽같이 주피터를 보내 찾아오게 할 테니까. 참 훌륭할 걸세.」

「뭐가? 해 뜨는 거 말인가?」

「정신 나간 소리! 아냐! 갑충 말일세. 번쩍이는 황금색이 돌고 큰 호도알만해. 등 한편 끝에는 크고 꺼먼 점이 두 개 있고, 또 그 반대 쪽에 그보다는 좀 긴 점이 한 개 있단 말일세. 촉각은…….」

「주석(朱錫) 같은 건 없어요. 윌 도련님도 참, 얘길 해도 그렇게……」하고 주피터가 말을 가로챘다.

「그건 진짜 금풍뎅이에요. 안팎이 모두 황금색이 돌던 걸요. 날갯죽지만은 그렇지 않았지만. 내 평생에 그 절반 되는 무게의 금풍뎅이도 본 적이 없었어요.」

「홍, 그렇다고 해서 너는……」하고 레그랜드는 그에게 좀처럼 어울리지 않게 열을 올려 가며 대답했다.

「그 새들을 타버리도록 놔두는 거야? 그 색깔은 말일세.」

여기서 그는 나를 돌아다보며 말했다.

「주피터가 저렇게 생각하는 것도 무린 아닐세. 그런 색깔은 아마, 자네도 아직 보지 못했을 걸세. 내일 아침에 실물을 보기 전까지는 무어라 할 수 없네. 그러나 그 모양만은 얘기할 수 있지.」

이렇게 말하며 그는 조그마한 책상 쪽으로 가서 앉았는데, 그 위에는 펜과 잉크만 있을 뿐 종이가 없었다. 서랍 안을 뒤져보았지만 그 속에도 종이는 한 장도 없었다.

「괜찮아, 이거면 충분할 걸세.」하고 그는 말했다.

그는 조끼 주머니에서 아주 더러운 대판 양지(大判洋紙) 같은 종이를 꺼내어 그 위에다 펜으로 대강 그 모습을 그렸다. 날이 추웠으므로 그 동안 나는 불 옆에 있는 의자에 그대로 앉아 있었다. 그림이 다 되었을 때 레그랜드는 앉은 채 그것을 나에게로 내밀었다. 내가 그것을 건네받았을 때 밖에서 크게 울부짖는 소리가 들리더니, 이내 문 긁는 소리가 들렸다. 주피터가 문을 열어 주니까, 레그랜드가 기르고 있는 뉴파운드 종의 개가 뛰어 들어와 내게 달려들어 연방 핥고 야단이었다. 내가 이 집에 올 때마다 귀여워해 주었기 때문이다. 한 차례 개의 애무가 끝났을 때 나는 그 종이를 들여다보았는데, 사실 나는 그의 그림을 보고 적지 않게 놀랐다.

「음!」하고 나는 몇 분 동안 그것을 자세히 살펴본 후 말했다.

「이건 참 이상한 갑충인걸. 처음 보는데. 아직까지 이런 건 보지 못했어. 이것이 두개골이라든지 해골이 아니라면 말일세. 사실 내가 지금까지 본 것 중에서 해골과 제일 비슷하네.」

「해골이라니!」하고 레그랜드는 내 말을 그대로 흉내 내었다.

「그래, 종이 위의 그림은 좀 그렇게 보일지도 몰라. 위쪽에 두 개의 흑점은 눈처럼 보이고, 아래쪽에 있는 긴 점은 입처럼 보이며, 그리고 전체 모양이 타원형이니까.」

「아마, 그런 것 같군.」하고 나는 말했다.

「그런데 레그랜드, 자넨 그림이 서툴구만 그래. 그 갑충을 직접 볼 때까지 기다려야겠군. 진짜를 보지 않고는 뭐라 말할 수 없으니 말이네.」

「음, 그럴까?」하고 그는 좀 못마땅한 듯이 말했다.

「꽤 잘 그리는 편인데, 적어도 그런 것쯤이야. 대가에게 지도받은 적도 있고 해서 그림에 있어선 남보다 그리 못하지 않다고 자부하고 있었는데……」

「그렇다면 여보게, 자네는 농담을 하고 있는 거로구먼.」하고 나는 말했다.

「이거야 누가 보든지 틀림없는 해골일세. 사실 생리학의 표본에 관한 세속적인 의견으로 생각해 보면 틀림없는 해골이야. 그리고 자네가 발견한 갑충이 꼭 이렇다면 그거야말로 이상야릇한 갑충인걸. 아마 이것을 힌트로 해서 큰 미신이 될지도 모르겠네. 그 갑충을 '해골 갑충(scarabaeus caput hominid)' 이라든지 혹은 그와 비슷한 이름을 붙이면 어떻겠나? 생물학에는 그런 명칭이 얼마든지 있으니까. 그건 그렇고, 자네가 말한 그 촉각은 어디 있단 말인가?」

「촉각 말이지!」하고 이 문제에 까닭 모르게 흥분한 듯 보이는 레그랜드가 말했다.

「자네라면 그 촉각을 알아볼 거라고 생각했는데. 실물에 붙어 있는 것과 똑같이 그려 놓았으니까 알아볼 수 있을 것 같은데 그러네.」

「그런가?」하고 나는 말했다.

「자네는 그려 놓았을지 모르지만 내 눈에는 보이지 않는걸.」

그런 다음 나는 그가 화를 낼까봐 더 이상 아무 말도 하지 않고 그 종이를 그에게 넘겨주었다. 그러나 돌변한 사태에 나는 깜짝 놀랐고, 그의 부루퉁한 태도에 당황했다. 그리고 갑충의 그림으로 말하자면 촉각은 전혀 찾아낼 수가 없고, 그림 전체는 틀림없이 보통 볼 수 있는 해골의 그림이었다.

레그랜드는 대단히 불쾌한 얼굴로 그 종이를 받았다. 그리고 그것을 불 속에다 집어넣을 것처럼 구겨 버리려다가 우연히도 그림을 한

번 보고선 다시 주의를 그것에 집중하는 모양이었다. 갑자기 그의 얼굴이 새빨개지더니 다음에는 곧 새파랗게 변하고 말았다. 몇 분 동안 그는 자리에 앉은 채 그것을 자세히 살펴보더니 마침내는 일어나 책상에서 촛불을 집어들고 방 저쪽 구석에 있는 선원용 사물함으로 가서 그 위에 걸터앉아, 이리저리 그 종이를 뒤집어 보았다. 나에게는 말 한마디 붙이지 않았지만 그의 태도에 나는 적지 않게 놀랐다. 그러나 나는 괜히 쓸데없는 소리를 해서 그의 화를 부추기고 싶지 않았다.

조금 있다가 그는 저고리 주머니에서 지갑을 꺼내 종이를 그 속에 공손히 집어넣은 다음 책상 서랍 속에 넣고 열쇠로 잠가 버렸다. 그의 흥분이 좀 가라앉자 그때까지 보여주었던 그의 태도는 찾아볼 수 없었다. 그는 부루퉁해 있는 것이 아니라 마음이 다른 곳에 가 있는 것 같았다.

밤이 깊어짐에 따라 그는 점점 더 깊이 생각에 빠지는 것 같았고, 내가 아무리 농담을 해도 그의 기분을 명랑하게 할 수는 없었다. 전에도 여러 번 자고 간 적이 있었으므로 오늘 밤도 자고 갈 작정이었지만, 주인 꼴이 이 모양인 것을 보자 나는 그만 돌아가는 것이 상책이라고 생각했다. 그는 굳이 자고 가라고 붙잡지는 않았지만 내가 그의 집을 떠날 때 다른 때와는 다르게 내 손을 힘있게 잡았다.

이 일이 있은 지 대략 한달이 지난 후(그 동안 나는 레그랜드를 만난 적이 없었다) 그의 하인인 주피터가 찰스턴으로 나를 찾아왔다.

나는 이 선량한 흑인이 이때처럼 기운없이 어깨를 축 늘어뜨린 채 낙심하고 있는 모습을 본 적이 없었다. 그래 나는 친구 신변에 무슨 큰 재난이 일어난 것이 아닌가 하고 생각했다.

「웬일이야? 주피터!」하고 나는 물었다.

「도대체 웬일이야? 주인은 편안한가?」

「사실인즉 편하지가 못해서요.」

「편치 못하다니! 저런, 그래 어디가 편치 못하다는 거야?」

「그게 말이죠. 아무 데도 아픈 곳은 없다고 그러는데. 그러면서도 매우 편치 않은 것 같아요.」

「매우 편치 못하다니, 주피터! 그런데 왜 진작 말하지 않았어? 몸져 누워 있나?」

「아뇨. 누워 계시진 않아요! 그것이 오히려 더 걱정이 돼요. 난 윌 도련님 일로 걱정이 돼서 정말이지 미칠 것만 같아요.」

「주피터, 난 자네가 뭐라고 하는지 도무지 알 수가 없는데. 자네의 말을 들으면 주인이 편치 않은 것 같은데, 어디가 아프다고 주인이 자네에게 말하지 않았단 말인가?」

「뭘요, 그런 걸로 미치다니 될 말인가요. 윌 도련님은 아무 데도 아프지 않다고 하시지만, 아무렇지도 않으면 왜 고개를 푹 숙이고 어깨를 들먹들먹하며 도깨비처럼 새파란 얼굴로 싸돌아 다니시는 걸까요? 그리고 밤낮 산용 숫자(算用數字)만 쓰고 계시니.」

「뭘 하고 있다고, 주피터?」

「석판 위에다 이상한 부호와 산용 숫자를 쓰고 계세요. 난 그런 별스러운 것은 처음 보는 것 같아요. 그런 건 딱 질색이에요. 계속 주인을 감시하지 않으면 안 되고요. 요 며칠 전에도 먼동이 트기 전에 슬쩍 사라지셔서 하루 종일 안 들어오셨지요. 들어오시기만 하면 아주 혼을 내주려고 굵은 몽둥이를 준비해 놓았지만, 난 멍텅구리라서 그런 용기가 없었어요. 주인님이 너무도 핼쑥한 몰골로 들어오시는 걸 보구선 그만······.」

「뭐라고? 아, 그래! 불쌍한 주인님한테 그런 심한 짓을 한대서야 안 되지. 주인님을 매질하면 안 되네, 주피터. 주인님은 매질을 견뎌 낼 수가 없다네. 그런 그렇고, 왜 그런 병에 걸렸는지, 왜 주인님이 그런 행동을 보이게 되었는지 자넨 전혀 모르겠나? 요전에 내가 자네 집에 갔다 온 후 무슨 좋지 않은 일이라도 생겼나?」

「아니에요. 그런 것 없었어요. 아마 그 전에 무슨 일이 있었던 것 같아요. 바로 나리님이 다녀가신 그날이에요.」

「뭐라고? 그건 무슨 말이야?」

「저어, 그 갑충 말이에요. 바로.」

「뭐라고?」

「아, 그 갑충 말이에요. 확실히 그놈한테 윌 도련님이 머리 어딘가를 물린 모양이에요.」

「주피터, 무슨 이유로 그렇게 생각하는 거지?」

「그 발톱만 보더라도 그래요. 나리, 그리고 어휴, 그 주둥이. 난 그런 끔찍한 녀석은 처음 봤어요. 근처에 있는 건 가차없이 아무 거나 차고 물어뜯어요. 윌 도련님이 맨 먼저 붙잡았다가 곧 질겁을 해서 놔 버리셨는데 아마 그때 물리셨나 봐요. 난 그 벌레의 주둥아리 꼬락서니가 보기 싫어 손으로는 누르고 싶지 않아서 눈에 띄는 종이로 그 벌레를 눌렀지요. 그리고는 그걸루 싸서 주둥아리에다 그 종이 끝을 들어 막았어요. 이렇게요.」

「자, 그렇다면 자네는 주인이 정말 갑충에게 물려서 병이 나셨다고 생각한단 말인가?」

「생각하는 게 아니라 그렇다고 알고 있는 걸요. 그 금풍뎅이한테 물리지 않고서야 왜 그리 황금 꿈만 꾸는 거지요? 난 전에도 금풍뎅이 얘기를 들어서 알고 있어요.」

「그런데 주인이 황금 꿈을 꾸는지 어떻게 안단 말인가?」

「어떻게 알다니요? 그야 주인이 잠꼬대까지 해대는데 제가 모르겠어요?」

「음, 그래, 그렇다면 주피터 말이 옳겠구만. 그건 그렇고, 주피터는 무슨 바람이 불어서 우리 집엘 왔지?」

「왜 왔느냐구요, 나리?」

「레그랜드 씨로부터 무슨 부탁이라도 있어서 왔나?」

「아뇨. 이 편질 가지고 왔어요.」

이렇게 말하며 주피터는 나에게 편지를 주었다.

친애하는 벗에게

왜 자네는 이렇게 오랫동안 날 찾아주지 않는가? 내가 전에 자네에게 좀 냉정하게 군 탓으로 그러는 것은 아니겠지. 그렇지, 그럴 리는 없을 줄 믿네.

자네와 헤어진 후 큰 두통거리 사건이 하나 생겼네. 자네에게 얘기는 해야겠는데 어떻게 해야 좋을지, 또는 얘기해서 좋을지 어떨지 나는 판단할 수가 없네. 요새 며칠 몸이 좀 괴로운데 그 늙은 주피터가 어찌나 걱정을 하는지 견디지 못할 지경일세. 이런 얘기를 자네는 믿어 줄는지? 전에 어느 날인가 주피터 몰래 나 혼자만 본토에 있는 산 속에서 하루를 지낸 일이 있었는데, 그 탓으로 나를 혼내 준다고 크고 굵은 몽둥이를 준비해 두고 있었다네. 사실 내 꼴이 병자처럼 보여서 괜찮았지, 그렇지 않았더라면 큰일 날 뻔했네.

자네가 다녀간 후, 채집은 별로 늘지 못했네. 가능하다면 어떻게 해서든지 주피터와 같이 와 주었으면 좋겠네. 꼭 와 주게. 중대한 사건으로 오늘밤 자네를 꼭 만나고 싶네. 극히 중요한 사건임을 단언하네.

윌리엄 레그랜드

그의 편지에서는 왠지 불안감이 느껴졌다. 편지 전체의 필적도 평소의 그의 필적과 아주 달랐다. 대체 그는 무엇을 꿈꾸고 있는 것일까? 어떠한 기이한 현상이 또 그의 흥분하기 쉬운 뇌를 어수선하게 했을까? 어떤 '중대한 사건'에 그가 당면하고 있다는 것일까? 주피터의 말로 미루어 짐작해 보건대 좋은 일 같지는 않았다. 나는 거듭 닥쳐오는 불행의 연속이 기어이 레그랜드의 이성을 빼앗어간 것이 아닌가 하고 생각해 보았다. 그래서 나는 망설일 것 없이 곧 주피터와 떠날 준비를 했다.

부두에 도착했을 때, 이제 방금 사온 듯한 한 자루의 큰 낫과 세 자루의 삽이 우리들이 탈 보트 안에 놓여 있는 것이 눈에 띄었다.

「이건 대체 뭔가, 주피터?」하고 나는 물었다.

「우리 도련님의 낫과 삽이에요.」

「음, 그래, 그런데 뭣 때문에 그것들이 여기 있지?」

「월 도련님이 막무가내로 거리에 가서 사오라고 하니 견딜 수가 있어야지요. 이걸 사느라고 돈을 한 짐이나 뺏겼어요.」

「그런데 도대체 자네의 월 도련님은 낫과 삽을 무엇에 쓰겠다는 건가?」

「그건 나도 알 수 없어요. 나리님도 필경은 모를 거예요. 모두가 다 그놈의 금풍뎅이 새끼 탓이라니까요.」

'금풍뎅이' 만을 생각하고 있는 주피터로부터는 어느 것 하나 만족한 대답을 얻을 성싶지 않았으므로, 나는 보트를 타고 떠나 버렸다. 순풍을 받고 보트는 눈깜짝할 사이에 몰트리 보루 북쪽에 있는 조그마한 포구로 들어갔다. 그리고 약 2마일쯤 걸은 후 오두막집에 당도했다. 우리들이 그곳에 도착했을 때는 오후 3시경이었고, 레그랜드는 우리들을 몹시 기다리고 있었다. 그는 신경질적인 열정으로 내 손을 꽉 붙잡았는데, 그것은 나를 놀라게 하는 동시에 전부터 품고 있던 나의 의혹을 한층 더 짙게 했다. 그의 얼굴은 무서울 만큼 창백했고, 그의 움푹 들어간 두 눈은 이상한 광채로 번쩍였다. 그의 건강에 대하여 두서너 마디 물어 본 후 그만 말문이 꽉 막혀 버렸으므로, 나는 G중위에게서 그 갑충을 찾아 왔느냐고 물었다. 그는 몹시 홍분한 얼굴로 대답했다.

「아, 그럼, 다음날 아침 당장 찾아 왔지. 무슨 일이 있더라도 다시는 그 갑충을 손 밖에 안 내놓겠네. 주피터의 말이 참말이었어.」

「뭐가?」하고 나는 슬픈 예감을 느끼며 물었다.

「그것을 진짜 황금의 갑충이라고 생각한 것 말야.」

그는 진심에서 우러난 목소리로 이렇게 말했으므로, 난 뭐라 할 수 없을 만큼 가슴이 덜컥했다.

「이 갑충이 아마 내게 행운을 가져다 줄 모양일세.」하고 그는 득의 양양한 미소를 띠며 말을 이었다.

「그놈이 우리 집 재산을 도로 회복시켜 줄 것이니 두고 보게. 자, 그러니 내가 그놈을 끔찍하게 생각하지 않을 수가 있겠나? 복덩어리가 나에게 굴러 들어왔으니까 그걸 잘만 쓰면 된단 말일세. 그놈 덕으로 조만간 큰 금덩어리 위에 올라앉을 것 같네. 주피터, 가서 그 갑충을 이리 가지고 와라!」

「뭐라구요? 그 풍뎅이를요? 도련님이 가서 가지고 오세요. 전 싫어요.」

그래서 할 수 없이 레그랜드는 엄숙하고 무거운 낯으로 일어서서 유리 상자 속에 있는 갑충을 꺼내 왔다. 그것은 참으로 아름다운, 그 당시에는 생물학자들에게도 알려지지 않은 갑충이었다. 물론 학문적 견지에서 보더라도 퍽 값어치 있어 보였다. 잔등 한끝에는 두 개의 둥근 흑점이 있고, 다른 끝 근처에는 또 하나의 긴 흑점이 있었다. 몸을 둘러싸고 있는 껍질은 마치 반짝반짝하게 닦은 황금처럼 단단하고 번쩍였다. 그 갑충은 상당히 무거워서, 주피터가 그렇게 생각한 것도 무리는 아니라고 생각했다. 그러나 이 친구가 어찌하여 주피터의 의견과 일치하게 되었을까. 그것은 아무리 생각해 보아도 알 수 없는 일이었다.

「내가 자네를 오라고 한 것은……」하고 그는 내가 그 갑충을 살펴보고 나자 엄숙한 어조로 말했다.

「이 행운과 갑충에 관한 계획을 더 진전시키기 위해서 자네의 충고와 조력을 구하고 싶었기 때문인데……」

「여보게, 레그랜드.」하고 나는 그의 말을 가로막으며 소리쳤다.

「자네는 확실히 병이 있는 것 같네. 암만 해도 좀 조심하는 게 좋겠어. 눕게, 누워. 자네 병이 완쾌할 때까지 2, 3일 자네 곁에 있겠네. 자넨 열이 있어. 그리고 ……」

「내 맥박을 좀 재 보게.」하고 그는 말했다.

나는 그의 맥을 짚어 보았지만, 실상 열은 조금도 있는 것 같지 않았다.

「아냐, 이 사람아, 열은 없어도 병일지 모르네. 자, 좌우간 이번만큼은 내 말을 듣게, 우선 눕게. 그 다음엔……」

「자네 오헬세.」하고 그는 내 말을 가로막았다.

「나는 지금 대단히 흥분하고 있기는 하지만, 건강은 말할 수 없이 좋아. 자네가 정말 내 건강이 염려된다면 이 흥분 상태로부터 나를 건져 주게.」

「어떻게 하면 되겠나?」

「아주 쉽지. 나와 주피터는 이제 본토에 있는 산으로 탐험과 검색의 길을 떠나려고 하는데, 이 탐검(探檢)에 신뢰할 만한 사람의 도움이 필요하다네. 사실인즉 그 유일한 적임자가 자네란 말야. 우리가 성공하든 실패하든 자네가 염려하고 있는 내 흥분 상태는 이제 가라앉을 것 같네.」

「어떻든 조력이야 기꺼이 해주고 싶네만, 이 지긋지긋한 갑충이 자네 탐검과 무슨 상관이 있다는 말인가?」

「그야 있고 말고.」

「그렇다면 레그랜드, 그런 어리석은 탐검대에는 동참할 수 없네.」

「유감이네, 정말 유감이야. 그렇다면 우리끼리 할 수밖에 없군.」

「자네들끼리만 하다니! 이 사람 미쳤네 그려! 가만 있게! 탐검에는 시간이 얼마쯤 걸릴 것 같은가?」

「어쩌면 오늘밤은 쭉 집을 비워 둬야 할지도 모르네. 이제 곧 떠나서 어떤 일이 있더라도 새벽까지는 돌아오게 될 걸세.」

「자, 그러면 꼭 약속해 주게나. 자네의 이 미친 지랄이 끝나고, 갑충에 관한 일(제기랄!)이 자네 마음이 시원하도록 결말 지어지면, 집에 돌아와 내 충고를 의사 충고로 알고 순응하겠다고 말이야.」

「그럼세, 약속함세. 자 그러면 곧 떠나세. 우물쭈물하고 있을 시간이 없네.」

　나는 무거운 마음으로 그의 뒤를 따라 나섰다. 우리들은 4시경에 집을 떠났다. 레그랜드와 주피터와 개와 그리고 나. 주피터는 낫과 삽을 들었다. 그는 혼자서 그것들을 다 가지고 간다고 고집을 부렸는데, 그것은 그가 부지런하고 온순해서가 아니라 오히려 그의 주인 앞에 그런 것들을 놓아두는 것이 위험해서 그러는 것 같았다. 그는 우리들이 뭐라고 해도 귀담아듣지 않으며 내내 '그놈의 빌어먹을 풍뎅이놈' 만을 입속에서 되풀이하며 걸어갔다. 나는 두 개의 등을 들고 걸었는데, 레그랜드는 황금충 이외에는 아무것도 들지 않았다. 그는 매우 만족스러운 듯이 황금충을 오라기 끝에 잡아매 들고 걸어가며, 마치 요술쟁이처럼 이리저리 휘둘러댔다. 나는 이것이 아무래도 이 친구가 정신 이상에 걸린 최후의 확실한 증거인 것만 같아 눈물이 나올 지경이었다. 그러나 더 확실한 증거가 나타날 때까지 제멋대로 하도록 내버려두는 것이 상책일 것만 같았다. 그래서 우선 우리들이 무엇을 찾기 위해 탐검하는 것이냐고 물어 보았지만 헛수고였다. 나를 추근거려 끌고 온 것만이 대견한 듯 그는 다른 세세한 화제에 대해선 대답조차 하기 싫어했다. 내가 물으면 물을 때마다 줄곧 「이제 곧 알게 되네!」라고 할 뿐 다른 대답은 하지 않았다.

　우리들은 보트를 타고 섬 끝에 있는 자그마한 강을 건너 본토 해안에 배를 그대로 둔 채 언덕을 기어올라 갔다. 한번도 사람의 발길이 닿지 않은 듯한 아주 험하고 쓸쓸한 곳을 지나 북쪽으로 걸어갔다. 레그랜드는 전에 표시해 둔 곳을 찾는 듯 여기저기서 발길을 멈추었다.

우리들은 이러한 모양으로 두어 시간 가량이나 더 걸었다. 여태까지 걸어온 곳보다도 더욱 쓸쓸한 곳에 도착했을 즈음에는 해가 어느새 서산을 넘고 있었다. 그곳은 인간의 힘으로는 도저히 접근할 수 없는 산정(山頂)에 가까운 일종의 고대(高臺)였고, 산 밑에서부터 산정까지 빽빽하게 나무가 우거져 있었다. 땅 위에는 이곳저곳에 큰 바위가 우뚝우뚝 솟아 있고, 그 대부분이 곁에 있는 나무에 걸려 골짜기로 굴러 떨어지지 않고 서 있는 것 같았다. 사면이 둘러싸인 깊은 골짜기는 주위의 경치를 한층 더 장엄하게 하고 있었다.

우리들이 기어올라간 이 자연의 고대는 온통 가시덤불로 덮여 있어, 낮이 없었더라면 한 걸음도 앞으로 걸어나갈 수 없었을 것이다. 주피터는 주인의 명령으로 높이 솟아 있는 백합나무 가장자리까지 가시덤불을 잘라 헤치며 길을 만들었다. 그 나무는 주위의 8, 9개의 백양나무처럼 고대 위에 우뚝 서 있었는데 그 줄기와 잎이 퍼진 미관이라든지 나뭇가지가 멀리까지 퍼진 늠름한 모양이라든지 전체의 꿋꿋한 자태가 그 주위에 서 있는 어떤 백양나무보다, 아니 내가 지금까지 보았던 어떤 나무들보다도 훌륭해 보였다. 우리들이 이 나무까지 왔을 때, 레그랜드는 주피터를 돌아보며 이 나무에 올라갈 수 있는지를 물었다. 주피터는 무척 망설이며 한참 동안 대답이 없었다. 그러더니 마지못해 앞으로 나가 그 나무 기둥 주위를 한 바퀴 천천히 돌아보며 세밀하게 훑어보았다. 조사가 끝난 후 그는 이렇게 말했다.

「네, 도련님, 주피터가 본 나무 중에서 올라갈 수 없는 것은 내 평생에 단 한 번도 보지 못했어요.」

「음, 그럼 가능한 한 빨리 올라가라. 자꾸 어두워져 하는 일이 보이지 않을 테니까.」

「어디까지 올라가야 하나요, 도련님?」

「우선 원줄기로만 올라가. 그 다음 것은 올라간 다음에 가르쳐 줄 테니까. 어이, 좀 기다려! 이 풍뎅이를 가지고 올라가.」

「풍뎅이라구요, 뭘 도련님! 그 금풍뎅이 말예요?」하고 주피터는 질겁하여 뒷걸음질치며 소리를 질렀다.

「무엇하러 그까짓 것을 가지고 올라가는 거지요? 난 죽어도 싫어요!」

「너같이 그렇게 덩치 큰 검둥이가 요까짓 쏘지도 않는 작은 풍뎅이 하나 붙잡는 게 그렇게 무서워? 자, 그럼 이 오라기 끝을 붙잡고 올라가 봐. 아 그래도 싫어? 그렇게 막무가내라면 이 삽으로 머리를 쳐서 죽여 버릴 테니까.」

「어쩌란 말씀이에요, 도련님?」하고 주피터는 망신을 당하고 나서야 복종하는 기색으로 말했다.

「늘 나 같은 늙은 흑인 놈에게 너무 심한 말만 하시구. 그건 다 농담이었어요. 전 그까짓 것 하나도 무섭지 않아요. 자, 이리 주세요. 고까짓 것.」

말은 이러면서도 그는 오라기 한끝을 조심조심 붙잡고 되도록 멀찍이 몸에서 떼면서 올라갈 준비를 했다.

미국의 삼림 수목 중에서도 가장 장엄한 백합나무는 어렸을 때에는 줄기가 유달리 매끈하며 대개는 옆으로 가지를 뻗지 않고 그냥 꼿꼿이 위로만 자라지만, 좀 나이를 먹게 되면 껍질에 울퉁불퉁한 혹이 생기며 많은 곁가지가 생긴다. 그래서 겉으로 보기보다는 올라가기가 훨씬 힘들었다. 두 팔과 두 무릎으로 큰 줄기를 가능한 한 꽉 부둥켜 안고 두 손으로 가지를 움켜잡은 뒤, 발가락으로는 다른 가지를 딛고 올라가던 주피터는 한두 번 떨어질 것 같더니 간신히 제일 큰 가지에 올라갈 수 있었다. 이 고비만 넘기면 그 다음 일은 거침없을 것같이 보였다. 사실인즉 올라갔대야 겨우 지상에서 6, 70피트 정도였지만 고비는 넘긴 셈이었다.

「윌 도련님, 이젠 어디로 가야 되지요?」하고 그가 물었다.

「제일 큰 가지로 올라가. 이쪽 가지로.」하고 레그랜드는 말했다.

주피터는 곧 주인이 시키는 대로 했다. 별로 힘들어하는 것 같지 않았다. 점점 기어 올라가자 우거진 나뭇가지에 덮여, 그의 커다란 몸은 마침내 보이지 않게 되었다. 잠시 후 큰소리로 그가 부르는 소리가 들렸다.

「아직도 더 올라가야 되나요?」

「얼마나 높이 올라갔는데?」하고 레그랜드가 물었다.

「꽤 올라온 것 같아요.」하고 검둥이는 대답했다.

「나무 위로 하늘이 보이네요.」

「하늘 같은 건 소용없어. 자, 내 말을 똑똑히 들어. 줄기를 내려다 보면서 이쪽으로 네 아래 있는 나뭇가지를 세어봐. 몇 가지나 지나갔 지?」

「하나, 둘, 셋, 넷, 다섯. 이쪽으로 다섯 개인데요.」

「그럼 하나 더 올라가.」

곧 일곱 번째 가지에 이르렀다는 것을 알리는 주피터의 목소리가 들렸다.

「자, 이제는 주피터!」하고 대단히 흥분된 듯한 목소리로 레그랜드 가 소리쳤다.

「그 가지를 따라 될 수 있는 한 끝까지 나가봐. 이상한 것이 눈에 띄면 곧 알려줘야 돼.」

이 말을 듣고 나는 가엾은 이 친구의 발광에 대하여 그래도 설마 하고 조금 의심하고 있던 마음마저 사라져 버렸다. 그가 미친 것은 분명한 사실이었다. 그래 나는 어떻게 하면 그를 집으로 데리고 가서 눕게 할 수 있을까, 골똘히 생각했다. 어떻게 하면 될까 하고 궁리하 고 있을 때 주피터의 소리가 또 들려왔다.

「이 가지는 무서워서 끝까지는 갈 수 없어요. 저쪽으로는 썩어 있 어요.」

「썩은 가지야, 주피터?」하고 레그랜드는 떨리는 소리로 외쳤다.

「예 도련님. 아주 푹신 썩었어요. 틀림없이 말라빠졌구요.」

「제기랄, 어쩐다지?」하고 적이 실망한 듯이 레그랜드는 말했다.

「어떡하다니!」하고 나는 말을 꺼낼 수 있는 기회가 온 것을 반가워하며 말했다.

「집에 가서 눕기나 하게. 자, 가세! 그게 상책이야. 날도 저물어 가고, 또 나와의 약속도 생각해야지.」

「주피터, 내 말이 들리나?」하고 그는 나를 무시한 채 소리쳤다.

「예, 월 도련님, 똑똑히 들려요.」

「그러면 말야, 칼로 깎아 보라구. 아주 썩었나, 어떤가?」

「썩긴 썩었는데, 확실히.」하고 조금 있다가 주피터는 대답했다.

「그러나 많이 썩은 것 같지는 않아요. 나 혼자 같으면 더 갈 수 있을 것 같은데, 정말.」

「너 혼자 같으면이라니! 그건 무슨 소리야?」

「풍뎅이 말이에요! 너무도 무거운 벌레니까 여기서 그만 떨어뜨리는 게 낫겠어요! 그러면 이까짓 흑인 놈 하나쯤으로 해서야 부러지진 않을 테지요.」

「야, 뭐야, 이 우라질 놈아!」하고 레그랜드는 외쳤지만, 속으로는 퍽 안심한 모양이었다.

「왜 그런 쓸데없는 소릴 하는 거야? 풍뎅이만 떨어뜨려 봐라, 모가질 비틀어 죽일 테니까. 자, 이것 봐 주피터, 알겠지?」

「알았어요, 도련님. 불쌍한 흑인 놈에게 그런 욕은 제발 하시지 마세요.」

「그렇다면 시키는 대로 해! 괜찮을 만한 곳까지 풍뎅이를 떨어뜨리지 말고 기어나가 봐. 내려오면 상으로 은전 한 닢을 줄 테니까.」

「지금 가는 중입니다, 윌 도련님. 거의 끝까지 왔어요!」하고 흑인은 재빠르게 말했다.

「끝까지라고!」하고 레그랜드는 기쁜 듯이 쇳소리를 내며 외쳤다.

「나뭇가지 끝까지 왔단 말이지?」

「조금만 가면 그래요, 도련님, 오, 오, 오! 이게 뭐야! 나무 끝에 뭐가 있어요!」

「그래!」하고 레그랜드는 몹시 기뻐하며 소리쳤다. 「그게 뭐지?」

「아니요, 다른 게 아니라 해골 바가지예요. 누가 나무 위에 놓고 갔는지는 모르겠지만 까마귀가 살은 다 파먹었어요.」

「해골이랬지! 됐어. 나뭇가지에 어떻게 잡아매어져 있지? 뭘로 매어져 있지?」

「예, 도련님. 잘 보겠어요. 이건 참 이상한데요, 정말. 해골 가운데에다 큰 못을 박아 나무에 매어 놨어요.」

「음, 그래 주피터. 꼭 내 말대로 해야 돼. 알았지?」

「예, 도련님.」

「그럼 조심해서 해골의 왼쪽 눈을 봐.」

「이거 참! 그러죠. 아니, 그런데 눈깔은 통 없는데요.」

「이 바보야! 어느 게 왼손이고 어느 게 바른손인지 알겠어?」

「예, 그야 알지요. 장작 패는 손이 왼손이지요, 뭐.」

「그렇지! 넌 왼손잡이니까. 그러면 말야, 네 왼손과 같은 쪽에 있는 것이 네 왼쪽 눈이야. 이제는 해골의 왼쪽 눈이 어느 것인지 알겠지? 왼쪽 눈이 있는 자리를 찾아봐. 찾았나?」

오랫동안 아무 대답도 없더니 이윽고 주피터가 이렇게 물었다.

「그러면 해골의 왼쪽 눈도 해골의 왼손과 같은 쪽에 있나요? 한데 해골에는 손이 없어요. 그만 두세요. 이제 알았어요. 음, 이게 왼쪽 눈이구먼! 그걸 어떻게 하지요?」

「풍뎅이를 그 눈 속에 집어 넣어서 오라기 끝까지 늘어뜨려봐. 그 끝을 놓치지 않도록 단단히 조심하라구.」

「했어요, 윌 도련님. 구멍으로 풍뎅이를 늘어뜨리는 것쯤이야 문제 없죠. 보세요, 내려갔지요?」

이런 얘기를 주고받는 동안에도 주피터의 모습은 조금도 보이지 않았지만 그가 내려보낸 오라기 끝에 매달린 갑충은, 우리들이 서 있는 고대를 아직 희미하게 비치고 있는 석양의 마지막 빛을 받아 잘 닦은 황금 덩어리처럼 번쩍였다.

갑충은 어떤 것에도 걸리지 않고 축 늘어졌다. 그대로 두면 바로 우리 발밑에 떨어졌을 것이다. 레그랜드는 즉시 낫을 들고 바로 그 갑충 아래로 직경 3, 4야드의 원을 그려서 그 안의 풀들을 모두 베어 버렸다. 그렇게 하고 난 다음, 그는 주피터에게 오라기를 떨어뜨리고 바로 내려오라고 명령했다.

레그랜드는 갑충이 떨어진 바로 그 지점에다 말뚝을 박고 주머니에서 줄자를 꺼내 그 끝을 말뚝에서 제일 가까운 나무의 줄기에 묶었다. 그리고 그것을 말뚝으로 끌고 온 다음, 나무와 말뚝의 두 점으로 이미 형성된 방향으로 그것을 50피트나 더 끌고 갔다. 한편 주피터는 큰 낫으로 가시덤불을 헤쳐 나갔다. 이렇게 해서 된 제2의 지점에 두 번째 말뚝이 박혀졌다. 그리고 이 말뚝을 중심으로 하여 그 주위에 직경 약 4피트의 원이 그려졌다. 다음에 레그랜드는 자기 자신도 삽을 한 자루 들고 주피터에게도 하나, 나에게도 한 자루 주며 가능한 한 빨리 파달라고 재촉했다.

사실 나는 이런 장난에 대해서 그다지 흥미를 느끼지 못했기 때문에, 특히 지금 같은 때에는 그의 부탁을 거절해 버리고 싶었다. 왜냐하면 밤은 점점 다가오고, 더욱이 이제까지 해온 일로 나는 무척 피곤함을 느꼈기 때문이다. 그러나 피할 도리가 없었고, 괜히 그러다가는 이 실성한 불쌍한 친구의 머리를 더 혼란스럽게 하지나 않을까 염려되었다. 만일 주피터가 협력해 준다면 억지로라도 이 미친 친구를 집으로 끌고 가겠지만 나는 주피터의 성질을 잘 알고 있었다. 어떤 일에 있어서도 나와 그의 주인과의 싸움에서 나를 응원해 주기를 바랄 수 없었다.

레그랜드가 땅속에 묻힌 보물에 관한 남국의 무수한 미신에 홀린 것만은 확실했다. 그리고 그가 갑충을 발견한 것과, 또 주피터가 완고하게 이 갑충을 '진짜 금풍뎅이'라고 주장한 것으로 말미암아 그의 공상이 확실하게 구체화된 것만은 의심할 여지가 없었다. 광기가 있는 사람은 이러한 암시로 곧 충동을 받기 쉽다. 더욱이 오래 전부터 생각하고 있던 바와 일치할 때에는 한층 더 그러하다. 나는 이 불쌍한 친구가, '이 풍뎅이가 내 팔자를 고쳐 줄 걸세'라고 한 말이 머리에 떠올랐다. 나는 이내 슬퍼지며 당황했지만, 하기 싫다는 생각을 꾹 참고 기꺼이 파주면 눈앞에 나타난 증거를 빌미 삼아 그가 품었던 생각이 잘못이었다는 것을 더 빨리 깨닫게 할 수 있으리라 생각하였다.

등에 불을 켜고, 마치 목적이라도 알고 있는 것처럼 우리들은 흥이 나서 일을 하기 시작했다. 만약 이곳을 지나가는 사람이 있어 이 모습을 보았다면 얼마나 우습고도 의아해 했을 것인가.

우리들은 아무 말 없이 두어 시간이나 팠다. 우리들의 꼴이 무척 재미났던지 개는 계속 큰소리로 짖어댔는데, 이것이 우리들을 신경 쓰이게 만들었다. 개는 더욱 큰소리로 짖어댔다. 그러므로 그 근처를 지나가던 사람이 이 소리를 들을까 봐 걱정이 되었다. 오히려 이것은 레그랜드의 걱정이었다. 나로서는 어서 그런 일이 일어나 이 미친 친구를 집으로 데리고 갈 수 있다면 하고 은근히 바랐다. 주피터가 성가신 듯이 구멍 밖으로 뛰어나가 바지 멜빵을 풀어 개의 입을 꽉 잡아매 버렸으므로 개 짖는 소리도 조용해졌다. 그리고 나서 주피터는 키득키득 웃으며 구멍 속으로 다시 돌아왔다.

두 시간 후에 우리들은 5피트의 깊이까지 이르렀는데 조금도 보물이 묻혀 있을 것 같지 않았다. 이쯤 해서 우리들은 쉬었다. 그리고 나는 이 연극이 이제 그만 여기서 끝나기를 바랐다.

레그랜드는 분명히 실망한 것처럼 보였지만 깊이 생각하고 이마의 땀을 닦아내더니 또다시 파기 시작했다.

우리들은 직경 4피트의 원을 전부 팠는데 보물은 좀처럼 나타나지 않았으므로, 그 범위를 조금 넓혀 2피트 가량 아래로 더 파 보았다. 그러나 여전히 보물은 나타나지 않았다.

마침내 레그랜드는 초조와 실망이 가득한 얼굴을 해가지고 구멍 밖으로 기어나왔다. 그는 넋을 잃고 일하기 전에 벗어 놓은 웃옷을 천천히 다시 입기 시작했다. 나는 그를 진심으로 가엾게 생각했다. 그 동안 나는 아무 말도 하지 않았다.

주피터는 주인의 명령으로 도구를 주워 모으기 시작했다.

그 일이 끝나고 개를 풀어 준 후에 우리들은 묵묵히 집으로 향했다.

우리들이 열 발자국 정도나 걸어왔을까, 갑자기 레그랜드는 큰소리로 욕설을 퍼부우면서 주피터 쪽으로 달려들어 그의 멱살을 잡고 뒤흔들었다. 깜짝 놀란 주피터는 눈과 입을 벌릴 대로 벌리고 삽을 땅 위에 떨어뜨리며, 무릎을 꿇고 땅 위로 넘어졌다.

「그래, 이 망할 놈아!」하고 레그랜드는 이를 악물고 한마디 한마디 내뱉었다.

「이 죽일 검둥이 놈아! 얘기해 봐, 거짓 없이 이 자리에서 당장 대답해! 어느 게, 어느 게 네 놈의 왼쪽 눈이냐?」

「아이구, 살려 주세요. 윌 도련님. 이게 왼쪽 눈 아닌가요?」하고 질겁한 주피터는 오른쪽 눈에다 손을 대고, 금방이라도 주인이 그 눈을 빼어 버리지나 않을까 싶을 정도로 벌벌 떨며 죽을힘을 다해 그 눈을 가리고 있었다.

「그래, 그럴 줄 알았다! 어째 그럴 것 같더라! 이젠 됐어.」하고 레그랜드는 소리를 지르며 갑자기 주피터를 떠다밀고 껑충껑충 뛰며 좋아했다. 주피터는 일어나 얼빠진 사람처럼 주인의 얼굴과 내 얼굴을 번갈아가며 쳐다보았다.

「자, 그럼 다시 되돌아가야겠다! 아직 절망하기엔 일러.」하고 말하며 레그랜드는 앞서서 백합나무가 있는 곳으로 다시 돌아갔다.

「주피터, 이리 와.」하고 그는 나무 밑에까지 오자 말했다.

「그 해골 바가지는 얼굴을 바깥쪽으로 향하고 못에 박혀 있던가, 아니면 가지 안쪽으로 박혀 있던가?」

「얼굴은 바깥쪽을 향해 있었어요. 그러니까 까마귀가 거침없이 눈알을 쪼아 먹을 수 있었던 것 아니겠어요.」

「음 그래, 그러면 네가 풍뎅이를 떨어뜨린 눈은 이 눈이냐, 아니면 이 눈이냐?」하고 레그랜드는 그의 손으로 주피터의 눈을 번갈아 짚어 보며 물었다.

「이쪽 눈이에요, 도련님. 왼쪽 눈이에요. 도련님 말씀대로.」

그러나 주피터가 가리킨 것은 바른쪽 눈이었다.

「알았다. 그럼 다시 한 번 해봐야겠다.」

이 말을 듣고 나는 이 미친 친구의 머리에 그래도 다소 일에 대한 성안(成案)이 남아 있는 것을 알았다. 아니, 안 것처럼 느껴졌다. 그는 갑충이 떨어진 곳에 박혔던 말뚝을 뽑아다 거기서부터 3인치 서쪽에 있는 지점에나 옮겨 박고, 아까처럼 나무 줄기의 제일 가까운 지점으로부터 말뚝까지 연장시킨 다음, 그곳에 표적을 만들었다. 그곳은 전에 우리들이 파던 곳에서 수야드 떨어져 있었다.

이 새 지점 주위에 전보다 좀더 큰 원을 그리고 우리들은 또다시 파기 시작했다. 나는 무척 피곤했지만 무엇이 내 마음을 이렇게 변화시켰는지도 모르는 채, 내가 맡은 일에 별로 싫증을 느끼지 않게 되었다. 나는 나도 모르게 흥미를 느끼고 있었다. 아니, 흥분까지 느꼈다. 어쩌면 레그랜드의 의외의 태도에서 나온 선견력(先見力), 혹은 깊은 생각 같은 것에 내가 충동을 받았는지도 모르겠다. 그리고 이 불쌍한 친구를 미치게 한 가공의 보물이 정말 나오지나 않을까 하고 나도 모르게 신이 나서 파고 있는 행동에 나 자신도 놀라지 않을 수 없었다.

한 시간 반이나 계속해서 파고 있는 동안 내 머리 속에는 그러한 터무니없는 망상이 자리잡고 있었다. 그때, 다시금 개가 맹렬한 기세로 짖어댔기 때문에 우리들의 일은 중단되고 말았다. 전에 짖은 것은 재미나서 그런 것이었는데 이번에는 그렇지 않은 것 같았다. 주피터가 또다시 주둥이를 막아 버리려고 했으나 개는 맹렬히 반항하며 구멍 속으로 뛰어 들어와 발톱으로 마구 흙을 파헤치기 시작했다. 대번에 두 개의 완전한 해골인 사람 뼈다귀 무더기가 나타났다. 그 밖에 몇 개의 금속 단추와 썩은 양털 먼지 같은 것도 섞여 나왔다. 삽으로 그 위를 한두 번 헤쳐 보았더니 큰 스페인 형의 주머니칼이 나타났다. 좀더 파 보았더니 이곳저곳에서 금화와 은화가 네댓 개 나왔다.

이것을 보고 주피터는 기쁨을 억제할 수 없는 듯이 헤헤거렸지만, 레그랜드의 얼굴에는 극도로 실망하는 빛이 보였다. 그러나 그는 우리들에게 어서 파라고 재촉했다. 이 말이 그의 입에서 떨어지자마자 나는 연한 흙 속에 절반쯤 묻힌 굵은 철굴레에 발끝이 걸려 앞으로 비틀거리며 넘어졌다.

우리들은 모두가 너무도 열심이었다. 나는 아직까지 내 평생에 있어서 이토록 열렬히 흥분했던 적이 없었다. 이 10분 동안에 우리는 장방형의 나무 궤짝을 하나 찾을 수 있었는데, 그것이 조금도 변형되어 있지 않고 놀랄 만큼 단단한 것으로 미루어 보아 분명히 광화작용(鑛化作用)——어쩌면 염화제2수은작용(鹽化第二水銀作用)——의 장치를 해 놓은 것 같이 보였다. 그 궤짝은 길이 3피트 반, 너비 3비트, 깊이 2피트 반이었다. 징을 박고 궤짝 전체에 걸쳐 일종의 격자모양을 한 연철 테두리가 열십(十)자형으로 견고하게 둘러져 있었다. 뚜껑 가까이 양쪽에는 큰 쇠고리가 셋씩 도합 여섯 개 있어서, 여섯 사람이 힘껏 쥘 수 있게 되어 있었다.

우리들은 그것을 힘껏 들어 보려 했지만 밑바닥이 조금 움직이는 정도였다. 그래 우리들의 힘으로는 도저히 어떻게 해볼 수 없다는 것을 깨달았는데 다행히도 뚜껑은 이리저리 밀려다니는 빗장으로 잠겨 있었다. 우리들은 불안한 마음으로 가슴을 조이며, 빗장을 쑥 잡아뺐다. 순식간에 헤아릴 수 없을 만큼 엄청난 보물이 번쩍거리며 우리들 눈앞에 나타났다. 등불이 빠끔이 열린 구멍 안을 비추자, 아무렇게나 틀어 박혀 있는 황금과 보석의 찬란한 광채로 인해 우리들은 눈도 뜨지 못할 지경이 되었다.

내가 이것을 보았을 때 느낀 감정을 나는 여기에 쓰지 않겠다. 물론 놀라움만이 제일 강렬한 것이었다. 레그랜드는 몹시 흥분한 나머지 아무 말도 하지 못했다. 주피터의 얼굴은 잠시 시체처럼 새파랗게 질려, 어떤 일이 되었던지간에 흑인의 얼굴색이 이처럼 창백해지는 것을 찾아볼 수 없을 만큼 창백해지며, 벼락이라도 맞은 듯한 모습으로 서 있었다.

잠시 후 그는 무릎을 꿇고 걷어올린 팔뚝을 팔꿈치까지 보물 속에 파묻으며, 마치 따뜻한 물 속에 기분 좋게 두 팔을 담그고 있는 듯이 잠깐 동안 그대로 있었다. 결국 그는 한숨을 깊이 내쉬며 혼잣말로 중얼거렸다.

「흠, 그래 그놈의 금풍뎅이가 이런 복을 가지고 올 줄이야! 어여쁜 금풍뎅이! 아유, 가엾어라, 그놈의 금풍뎅이. 그걸 난 욕만 했군! 이 검둥이야, 부끄럽지 않냐? 대답 좀 해 보라구!」

나는 레그랜드와 주피터를 재촉하여 빨리 보물을 운반하도록 하였다. 밤이 점점 깊어가고 있었으므로 날이 밝기 전에 이 보물을 모두 집까지 운반하려면 빨리 서둘러야만 했다. 우선 무엇부터 손을 대야 좋을지 알 수가 없었다. 그래서 방법을 토의하는 데 많은 시간이 걸렸다. 그만큼 우리들은 허둥대고 있었던 것이다.

결국 우리들은 보물의 3분의 2가량을 먼저 꺼내어 궤짝을 가볍게 한 다음에야 겨우 궤짝을 구멍 밖으로 꺼내 놓을 수 있었다. 꺼낸 보물을 가시덤불 속에 숨겨 놓고 주피터가 개에게 우리가 돌아올 때까지 무슨 일이 있어도 지키고 있을 것과 또 어떤 일에도 짖어서는 안 된다고 엄명을 했다. 그런 다음 우리들은 급히 그 궤짝을 떠메어 가지고 집으로 돌아왔다. 집으로 무사히 돌아오긴 했지만 무척 힘이 들었기 때문에 집에 돌아온 것은 밤 1시경이었다. 너무도 피곤했으므로 곧바로 되돌아간다는 것은 도저히 할 수 없는 일이었다.

2시까지 집에서 쉬면서 식사도 하고, 마침 집에서 찾아낸 세 개의 튼튼한 주머니를 가지고 우리들은 산으로 향했다. 4시쯤에 또다시 구덩이가 있는 곳으로 돌아가 남은 보물을 삼등분하여 구멍을 메우지 않은 채 집으로 향했는데 집으로 돌아와 보물을 내려놓았을 때에는 바로 동쪽 나무 위가 훤해지면서 먼동이 트기 시작했다.

우리들은 완전히 녹아떨어졌지만 너무나 흥분했기 때문에 도저히 잠을 이룰 수가 없었다. 이럭저럭 불안한 가운데에서 서너 시간쯤 눈을 붙인 다음, 다들 약속이나 한 듯이 벌떡 일어나 보물을 살펴보기 시작했다.

보물은 궤짝 가장자리까지 가득 들어 있었으므로 그것을 조사하는
데는 그 다음날 밤까지 걸렸다.

보물은 뒤죽박죽이 된 채로 쌓여 있었다. 조심해서 나누어 보니까
처음 생각했던 것보다도 훨씬 그 수가 많다는 것을 알았다. 그때 시
세에 따라 가능한 한 정확하게 평가해 보았더니 현금으로 45만 달러
이상이 되었다. 은화는 한 닢도 없고 전부 가지각색의 금화뿐이었다.
프랑스, 스페인, 독일의 금화, 영국의 기니 금화가 약간, 그리고 이제
껏 본 적이 없는 몇 종류의 화폐가 있었다. 또 대단히 닳아빠져 인각
조차 뚜렷하지 않은 크고 무거운 화폐도 있었다. 그러나 모두가 미국
화폐는 아니었다.

보석의 평가는 더욱 하기 어려웠다. 금강석은——그 중 몇 개는 아
주 크고 훌륭했다——합해서 110개나 되고, 작은 것은 하나도 없었다.
번쩍이는 루비가 18개, 녹색의 아름다운 에메랄드가 312개, 그리고
청옥(靑玉)이 21개, 단백석(蛋白石)이 1개였다. 이 보석들은 대(臺)에
차곡히 놓여 있는 것이 아니라 궤짝 속에 뒤죽박죽으로 틀어박혀 있
었다. 금화 속에서 나온 것도 있었으며 어느 것이 어느 보석의 것인
지 분간할 수 없을 만큼 망치로 두들긴 자국이 남아 있기도 했다.

이외에도 순금의 장식품이 있었는데, 반지와 귀고리가 거의 2백여
개나 되고 훌륭한 금줄이 약 30개 정도 되었으며, 굉장히 커다란 십
자가가 달린 화려한 황금 향로(香爐)가 5개, 역시 화려한 부조(浮彫)

모양의 포도잎과 주신(酒神)들의 모양을 새긴 아주 큰 황금 술잔이 한 개, 정교하게 부조한 칼집이 두 개, 그 밖에 이제는 다 잊어버려 생각나지 않지만 그보다 작은 물건들도 수없이 많았다. 이러한 보물의 무게는 350파운드 이상이었다. 그러나 나는 이 계산에 197개의 엄청난 시계는 포함시키지 않았다. 그 중 세 개는 그 한 개 값만 해도 5백 달러의 가치는 충분했지만, 대부분은 너무 오래된 것이라 시계로서의 기능을 하지 못하는 것이었다. 세공도 다소 부식작용(腐蝕作用)을 일으키고 있었다. 그러나 모두 보석이 많이 박혀 있었으며 고가의 상자 속에 들어 있었다.

우리들이 그날 밤 평가해 본 궤짝 전체의 보물 가치는 150만 달러 이상이나 되었다. 그러나 그 후에 집안에서 쓰기 위해 남겨 놓은 것을 제외한 장식품과 보석들을 팔아 본 결과 우리들의 계산이 너무 적었음을 알았다.

이럭저럭 조사를 마치고 격렬한 흥분 상태도 좀 가라앉았을 때, 레그랜드는 내가 이 기이한 수수께끼를 알고 싶어 죽을 지경인 것을 알고 있는 터라, 그에 관한 모든 것을 자세히 설명하기 시작했다.

「자네 생각나나?」하고 그는 말했다.

「내가 자네에게 그 갑충의 모습을 그려 주던 날 밤 말일세. 그때 자네가 그 그림이 해골같다고 해서 내가 화를 내지 않았나? 처음엔 자네가 그런 말을 하기에 난 농담으로만 알았단 말야. 잔등에 흑점이 있었으니까 그럴지도 모르지, 하고 생각했단 말일세. 그런데 자네가 내 그림 솜씨가 서툴다고 하지 않았나. 나는 그림을 꽤 잘 그리는 편이라고 자부하고 있었는데 그런 말을 듣고 보니 괜스레 화가 치밀었단 말일세. 그래 자네가 나에게 그 양피지 조각을 돌려주었을 때 화가 치밀어 그놈을 구겨서 불 속에 던지려고 했었네.」

「그 종이 조각 말인가?」하고 나는 물었다.

「아냐, 겉은 꼭 종이 같아서 처음에는 나도 종이인 줄만 알고 그 위에다 그림을 그리려고 했는데 그때 무척 얇은 양피지라는 걸 알았어. 무척 더럽지 않던가? 그걸 구겨 버리려고 한 순간 자네가 보고 있던 그 곤충의 그림으로 시선이 갔다네. 나는 틀림없이 갑충을 그렸는데 갑충은 없고 대신 해골이 있는 것을 발견했을 때, 나의 놀라움이란 자네는 상상 못할걸세. 너무도 놀라 잠깐 동안 나는 아무 것도 생각할 수가 없었네. 전체의 윤곽이 닮기는 했지만 세세한 점에 있어서는 천양지판이었지. 나는 곧 촛불을 들고 방 한구석으로 가서 앉아 한층 더 자세히 양피지를 조사해 보았네. 뒤집어 보니까 내가 그린 갑충의 그림은 그대로 있지 않겠나? 처음 나는 그 윤곽이 놀랍도록 닮은 것에 놀랐네. 나는 전혀 알지 못했는데, 양피지의 이면, 즉 내가 그린 갑충의 바로 뒤에는 해골의 그림이 있고, 더욱이 그 해골은 윤곽뿐만 아니라 크기까지도 내가 그린 거와 거의 흡사했다는 우연한 일치에 놀라지 않을 수 없었네.

이런 기묘한 우연의 일치에 나는 사실 정신을 잃을 뻔했네. 이럴 때 정신을 잃지 않을 사람은 아마 없을 것일세. 우리의 마음이라는 것은 관련을——즉 인과관계를——확립하려고 애를 쓰는 거야. 그러나 그것이 잘 안 될 경우에는 일종의 일시적 마비상태에 빠지게 되지. 그래 내가 이 실신 상태에서 겨우 회복되었을 때 우연의 일치보다도 한층 더 나를 놀라게 한 어떤 확신이 머리에 떠올랐네. 내가 갑충을 그릴 때에는 분명히 양피지 뒷면에 아무 그림도 없었던 것이 생각났네. 이건 틀림없는 사실이야. 그 까닭은 어느 쪽이 깨끗한지 양쪽을 다 살펴보았으니까. 그때 만일 해골이 있었으면 내 눈에 띄지 않았겠나? 어쩐지 이 점이 까닭 모를 신비인 것만 같았네. 그러나 이때 벌써 내 머리 가장 깊숙한 구석에는, 어젯밤의 탐검이 그와 같이 훌륭한 결과를 맺어 준 그 시초의 빛이 희미하게 밝아 오는 것처럼 느껴졌네. 나는 곧 일어서서 양피지를 치워 놓고는 나 혼자 있게 될 때까지 더 이상 생각을 하지 않기로 작정했네.

자네가 돌아가고 주피터마저 곯아떨어졌을 때 나는 이 사건을 좀 논리정연하게 연구해 보았네. 우선 양피지가 내 손에 들어오게 된 경로부터 생각하여 보았지. 나와 주피터가 그 갑충을 발견한 곳은 이 섬으로부터 약 1마일 동쪽에 있는 본토의 해안인데 만조표(滿潮標)가 있는 조금 위 지점이었네. 내가 그놈을 붙잡으려니까 꼭 깨물기에 나는 그만 놓아 버렸네. 평소 조심성이 많은 주피터는 저한테로 날아온 그놈을 붙잡기 전에 나뭇잎이나 혹은 그런 종류의 것으로 싸서 붙잡을 양으로 주위를 휘휘 둘러보았네. 그의 눈과 내 눈이 동시에 양피지 조각 위로 떨어진 것은 바로 그 순간이었네. 난 그때 그것을 꼭 종이로만 알았단 말일세. 그것은 모래 속에 파묻혀 있었고 한 모퉁이만 조금 나와 있었네. 그걸 발견한 근처에는 범선용(帆船用)의 대형 보트 모양의 선체 파편이 있었네. 이 난파선은 오랫동안 그곳에 있었던 모양으로, 보기에 배라는 생각은 들지 않았네.

자, 그래, 주피터가 그 양피지를 집어 그걸로 갑충을 싸서 나에게 주었어. 그 후 곧 집으로 돌아왔는데 도중에서 G중위를 만났네. 내가 그놈을 그에게 보여 주었더니 보루로 가지고 가서 잘 조사해 보고 싶으니 빌려 달라는 게야. 내가 그러라고 했더니 그는 양피지에 싸지도 않고 그걸 조끼 주머니에 그대로 집어넣었네. 그가 갑충을 이리저리 살펴보고 있는 동안 그 양피지는 내 손 안에 그대로 있었지. G중위는 아마 내 마음이 변할까봐 그랬는지 곧 갑충을 치워 버렸네. 자네도 알겠지만 생물에 관한 일이라면 G중위야말로 나를 죽여 주시오, 하고 덤비는 작자니까. 동시에 나도 무의식적으로 양피지를 내 주머니 속에 집어넣었던 모양이네.

내가 그림을 그리려고 책상으로 갔지만 늘 놓여 있던 곳에 종이가 한 장도 없었던 것은 자네도 보았지. 서랍을 열어 보았지만 그 속에도 없었네. 헌 종이라도 있나 하고 주머니 속을 뒤져보니까 손에 잡힌 것이 바로 그 양피지였단 말일세. 양피지가 내 손에 들어온 경로를 내가 이렇게 자세히 설명하는 것은 그때의 사정이 특히 나에게 깊은 인상을 주었기 때문일세.

필경 자네는 나를 공상적인 인물이라고 생각할 걸세. 그러나 그때 나는 이미 일종의 '연결'을 지어 놓았다네. 거대한 쇠사슬 고리 두 개를 연결시킨 것일세. 해안에는 보트가 놓여 있고, 거기서 멀지 않은 곳에 종이가 아닌 양피지가 있었고, 그 위에 해골이 그려져 있다. 자네는 물론 '어디에 연관성이 있느냐?'고 묻겠지. 나는 다만 해골은 누구나 다 알고 있듯이 해적들의 표적이라고 대답하겠네. 해골이 그려진 깃발은 해적 행위를 할 때 해적들이 배에 달고 다니는 것이라는 것쯤은 누구나 알고 있지.

그 조각이 종이가 아니라 양피지라고 나는 말했네. 양피지는 오랫동안 썩지 않고 거의 찢어지지 않는 거라네. 중요한 것만 양피지에 기록하는 법이지. 그래서 그림을 그리거나 글씨를 쓰거나 하는 평범한 목적에는 양피지가 종이보다 훨씬 못한 법이라네. 이렇게 생각해 보니까, 해골에는 어떤 의미—어떤 관계—가 있다는 것을 알았네. 그리고 나는 양피지의 생김새에 관해서 주의를 기울였어. 한쪽 구석이 웬일인지 떨어져 나가고 없었지만 원모양이 장방형인 것을 알 수 있었네. 사실 그 양피지는 오랫동안 잊어버리지 않도록 길게 보존해 두어야 할 그 어떤 사실을 기록하는 비망록으로서 응당 선택될 만한 그런 종류의 양피지 조각이었네.」

「그렇다면 말일세.」하고 내가 그의 말을 가로막았다.

「자네가 갑충을 그릴 때에는 그 양피지 위에 해골이 없었다고 하지 않았나? 그렇다면 여보게, 자넨 보트와 해골 사이에 어떤 연관을 짓는가? 그 해골은 자네 자신도 인정하다시피 작자는 도저히 알 수 없는 일이지만, 자네가 황금충의 그림을 그린 후에 나타난 것일 테니까.」

「아아, 참 바로 그 점에 모든 신비가 엉켜 있다네. 그러나 그 비밀을 풀기는 별로 힘들지 않았네. 나는 착실한 방법으로 유일한 결론을 얻을 수 있었지. 예를 들면 나는 다음과 같이 추리했단 말일세. 내가 황금충을 그릴 때에는 확실히 양피지에는 해골이 없었네. 그리고 그림을 그리자 곧 그것을 자네에게 주고 자네가 나한테 돌려줄 때까지 나는 쭉 자네를 지켜보고 있었지. 물론 자네가 그걸 그린 것도 아니고, 그렇다고 해서 다른 어떤 사람이 그릴 리도 없지 않은가? 그렇다면 그것은 우리들 중 누군가의 소행은 아닐 것이기 때문에…….

내 생각이 여기까지 미쳤을 때 나는 바로 이때 일어난 모든 사건을 똑똑히 기억해 내려고 애쓴 결과 비로소 생각해 낸 것일세.

그날은 드물게도 날씨가 추웠으므로 난로에는 불이 활활 타고 있지 않았나. 내가 양피지를 자네에게 주고 자네가 그것을 보려고 했을 때 뉴파운드 종의 울프가 뛰어들어와 자네에게 마구 기어올랐지? 자네가 왼손으로 그 개를 쓰다듬어 주면서 옆으로 떼어 놓았을 때 보니까, 자네는 오른손으로 양피지를 쥔 채 아무렇게나 무릎 사이에 떨어뜨리고 불 근처에까지 와 있었네. 한번은 그것에 불이 붙지나 않을까 하고 자네에게 주의를 주려고 했더니, 내가 말을 꺼내기도 전에 자넨 그걸 집어들고 보기 시작하더군. 이러한 경위를 생각해 볼 때 양피지 위에 그려져 있던 해골이 똑똑히 나타나게 된 원인은 화열(火熱) 외에는 없다는 것이 분명한 사실이 아니겠나? 화열을 받았을 때에만 글자가 보이도록 종이와 피지(皮紙)에 글자를 쓸 수 있는 화학적 제제법이 현재에는 물론, 저 오랜 옛날부터 있었던 것은 자네도 잘 알 걸세. 산화 코발트를 왕수(王水)와 혼합해서 4배의 물로 희석시킨단 말일세. 그러면 그때 초록색이 되는 거야. 또 코발트 피를 초석에 녹이면 빨간색이 되는 것이고. 이런 색은 그것을 쓴 원료가 식으면, 다소 빠르고 늦은 차이는 있지만 좌우간 일단 없어졌다가 열을 가하면 또다시 나타나는 법이라네.

　그래 나는 이번에는 해골을 자세히 조사해 보았네. 바깥 끝, 양피지 끝에서 제일 가까운 그림의 구석구석은 다른 데보다도 뚜렷하게 보였단 말이야. 열의 작용이 불완전했거나 균등하지 않았던 것일세. 나는 곧 불을 켜고는 양피지를 갖다 대고 구석구석 불을 쪼였다네. 처음에는 해골의 희미한 선이 보였을 뿐이었는데, 계속해서 대고 있었더니 종이 왼쪽 구석, 즉 해골이 그려져 있는 곳에서부터 대각선 쪽에 처음에는 염소 같은 것이 나타났네. 더욱 세밀히 조사해 보았더니 암만해도 새끼 염소(kid) 같단 말이야. 그놈이.」

　「하! 하!」하고 나는 웃었다.

　「하긴 자네를 비웃어서는 안 되겠네만, 150만 달러의 돈은 비웃기엔 너무도 큰 돈이니까. 그러나 쇠사슬의 세 번째 고리가 도무지 어울리지 않는데 그래. 자네가 말하는 해적과 염소 사이에는 그다지 관계가 없을 것으로 보이네. 해적과 염소가 무슨 관계가 있겠나? 염소야 농촌에 있는 것이니까.」

「하지만 내가 방금 그 그림이 염소의 모습이라고는 하지 않았잖
나.」

「음 그래, 새끼 염소(kid)라고 했지. 좌우간 같은 얘기 아닌가?」

「같은 얘기 같지만 전혀 같지가 않다네.」하고 레그랜드는 말했다.

「자네도 키드 선장(Captin Kidd, 17세기 후반에 있던 유명한 해적)
의 얘기를 들은 적이 있겠지만 나는 이 동물의 그림을 보자 대뜸 일
종의 상형문자적 날인이 아닌가 추측했네. 그것이 서명이야. 양피지
위에 그려진 위치가 그런 힌트를 주었단 말일세. 그것과 대각선으로
맞은편 구석에 있는 해골의 그림도 똑같이 인장(印章)이나 증인(證
印) 같았네. 그러나 이런 것 외에 다른 것이 없는 점에는——내가 있
으리라고 상상한 증서의 본문이 없는 데에는——그만 나도 실망하였
네.」

「그럼 자넨 그 인장과 서명 사이에 글귀가 있을 것이라고 예상했
군.」

「암 그렇지. 실상 까놓고 얘기하면 큰 복덩어리가 굴러온 것이라고
생각했네. 왜 그런지 까닭은 몰랐지만 그건 암만 해도 확신이라기보
다는 일종의 욕심 같았네. 그러나 그 갑충을 순금이라고 한 주피터의
못난 소리가 얼마나 내 머리에 영향을 주었는지 그건 자네도 모를 거
네. 그리고 계속적으로 그 뒤에 나타난 사건들과 우연의 일치를 이루
었단 말일세. 이건 암만 생각해 봐도 정말 이상해. 이런 일이 1년 365

일 중에서 왜 하필 꼭 그날 일어났으며, 또 그날이 왜 불을 피울 만큼 추웠느냐 그말일세. 만일 불도 없고 개도 뛰어 들어오지 않았다면 나도 해골을 보지 못했을 것이고 그 결과 그런 보물을 얻을 줄이야 꿈엔들 알았겠나. 이런 것이 모두 신기하기 짝이 없단 말일세. 알겠나, 자네?」

「그런 소린 집어치우고 어서 얘기를 계속하게. 갑갑해 죽겠네.」

「그럼세. 자네도 키드와 그 부하들이 대서양 연안 어디엔가 금을 파묻어 두었다는 소문쯤이야 들었겠지. 이런 풍설은 어느 정도 사실에 근거를 두었을 것일세. 그리고 또 그 소문이 아직까지 없어지지 않고 계속되고 있다는 것은 묻힌 보물을 아무도 찾아내지 못했기 때문에 나오는 것이 아니겠나? 만일 키드가 그 약탈품을 일시적으로 감춰두었다가 다음에 또 파냈다면 오늘날 우리들이 듣는 것 같은 말은 없었을 걸세. 자네도 알다시피 소문에 떠도는 얘기는 모두가 다 보물을 찾는 사람의 얘기뿐이지 어디 보물을 찾았다는 사람의 얘기를 들은 적이 있나? 만일 해적이 보물을 꺼내갔다면 이 소문은 그만 사라졌을 거야. 말하자면 보물을 숨겨둔 곳을 표시하는 비망록이 없어졌다거나, 다른 사건으로 인해 보물을 찾아낼 방법을 잃게 되었고, 그래서 그 소문이 부하에게 알려진 것 같네. 그렇지 않다면 보물이 감춰져 있다는 것을 꿈에도 모르는 부하들이 그것을 찾으려고 서둘렀지만 찾을 길이 없었으므로 헛수고만 하게 되니까. 지금 세상에 퍼져 있는 소문의 씨를 뿌린 것만 같네. 자넨 해안에서 고귀한 보물을 캐

냈다는 소문을 들은 적이 있나?」

「도통 없네.」

「그러나 키드의 보물이 엄청나다는 것은 세상이 모두 아는 사실일세. 그래 나는 그것이 여태 어딘가 그대로 묻혀 있음이 틀림없으리라고 생각했네. 그리고 우연히도 손에 들어온 그 양피지야말로 보물이 숨겨진 곳이 기록되어 있으리라는, 거의 확신에 가까운 희망을 일으켰다고 해도 자네는 별로 놀라지 않을 걸세.」

「그건 그렇고, 그 다음엔 어떻게 되었지?」

「불 기운을 세게 한 후 양피지를 다시 쬐어 보았지만 아무것도 나타나지 않았네. 너무 더러워서 그러나 하고 생각했네. 그래서 양피지를 더운물로 가만가만 씻어서 양은 남비 속에다 해골의 그림이 있는 쪽을 아래로 놓고 남비를 숯불 풍로 위에다 놓았네. 3,4분이 지나 남비가 후끈후끈 달았을 때 양피지를 꺼내 보니까 아, 이것 좀 봐, 그땐 참으로 기뻤네. 몇 줄의 숫자 같은 것이 여기저기 반점으로 나타나 있지 않겠나? 그래서 남비 속에 다시 집어넣고 1분 정도 그대로 두었네. 꺼내 보니까 지금 자네가 보는 바로 그대로야.」

이렇게 말하면서 레그랜드는 양피지를 불에 다시 쬐어서 잘 보라고 나에게 주었다.

거기에는 해골과 염소 사이에 다음과 같은 글자가 붉은색으로 희미하게 나타나 있었다.

53‡‡+305))6*;4826)4‡.)4‡);806*;48+8†¶60))85;1‡(;:‡
8+83(88)5+;46(88*96*?;8)*‡(;485);5*+2:‡(;4956*2(5*−4)8¶
8*;4069285);)6+8)+‡‡;1(‡9;48081;8:8‡1;48†85;4)485+528806*81(‡
9;48;(88;4(‡?34;48)4‡;161;188;‡?

「나는 여전히 뭐가 뭔지 모르겠군. 그래 골콘다(Golconda, 금강석
의 산출로 유명한 인도의 지명)의 보석을 죄다 준다 해도 도저히 이
수수께끼를 풀 수가 없겠는걸.」하고 나는 그 양피지를 돌려주면서
말했다.

「아니, 이 사람아.」하고 레그랜드는 말했다.

「그 해결책은 글자들을 한번 슬쩍 보았을 때 생각되는 것처럼 어렵
지는 않네. 대번에 이 글자는 암호로 되어 있다는 것을 알 수 있네. 달
리 표현하면 어떤 의미를 가지고 있는 거야. 그러나 키드에 대해서
알려져 있는 것으로 미루어 보았을 때 그는 그다지 어려운 암호문을
만들 능력이 있는 위인은 아니라고 생각했네. 나는 대번에 이거야 뭐
간단한 것임에 틀림없으리라고 생각했단 말일세. 허나 뱃사공들의
둔한 머리로는 열쇠 없이 풀 수 없는 것이겠지만.」

「그래 자네는 곧 풀었단 말인가?」

「물론이지. 이것보다 만 배나 어려운 것도 푼 적이 있는데. 나의 환
경과 일종의 성벽으로 말미암아 나는 이러한 수수께끼에 흥미를 가
지고 있었다네. 인간의 지혜로 만들어진 수수께끼라면 같은 인간의

지혜로 해서 풀리지 않겠는가? 실상 연결시킬 수 있고 읽을 수 있는 글자들을 한번 찾기만 하면, 그 다음에 무엇이 있으리라고 하는 것쯤이야 식은 죽 먹기가 아닌가.

모든 비밀 서류의 암호도 그렇지만——이번 것에 있어서도——제일 먼저 해야 할 일은 암호 용어의 여하를 알아내는 일이란 말일세. 왜냐하면 해석의 원칙은, 특히 더욱 간단한 암호에 관한 한, 어느 특정 국어의 성질에 따라 해석이 달라지기 때문일세. 일반적으로 말하자면 문제의 언어를 찾아낼 때까지는 풀려고 하는 사람이 알고 있는 언어를 하나씩 하나씩 개연율(蓋然率)로 실험해 보는 것 외에는 다른 방법이 없네. 그러나 이번 일에 있어선 서명 덕분에 그런 모든 번잡함과 어려움을 피할 수 있었네. '키드(kidd)'라는 단어의 동음이의어의 유희는 영어 아닌 다른 언어로서는 뜻이 통하지 않네. 이런 생각이 안 떠올랐다면 나는 우선 스페인어나 불어부터 매달렸을 것이네. 스페인 해(海)의 해적이 이러한 비밀 문서를 쓴다면 당연히 그와 같은 언어들로 썼을 테니까 말이야. 그런 까닭으로, 나는 이 암호가 영어로 된 것이라고 단정했네.

자네도 보다시피 단어와 단어 사이에는 표식이나 구분이 없지 않나? 구분만 있었다면 일은 무척 쉬웠을 텐데. 그럴 때에는 우선 짧은 단어의 조사와 분석부터 시작하는 것이라네. 그래서 만일 단문자(單文字)의 단어가, 이건 흔히 있는 일이지만, 예를 들어 a라든지 i자가 나오면, 해석은 문제없는 것이라네. 그러나 이번에는 구분이 없으므로 내가 최초로 착안했던 점은 제일 많이 나온 자와 적게 나온 자를 찾는 것이었네. 나는 모든 글자를 세어 다음과 같은 표를 만들었던 것이네.

글자	8	;	4	‡	)	*	5	6	(	+	1	0	9	2	:	3	?	¶	—	.
회수	33	26	19	16	16	13	12	11	10	8	8	6	5	5	4	4	3	2	1	1

자, 영어에서 제일 많이 나오는 자는 'e' 일세. 그 다음에는 'a o i d h n r s t u y c f g l m b k p q x z' 의 순서로 나오네. 'e' 는 대단히 많은 글자가 되어서 아무리 짧은 글에도 제일 많이 나오는 것이라네.

그래 시작도 하기 전에 벌써 여기서 추측 이상의 확실한 기초를 얻었단 말일세. 이제 말한 표가 일반적으로 사용되는 것은 두말할 나위도 없지만. 이 암호에 있어선 그것의 일부분만을 사용해도 되는 거야. 가장 많은 글자는 '8' 자니까 우선 이것을 본래 알파벳의 'e' 에 해당한다고 가정하고 시작해 보세. 이 가정을 확실하게 하기 위하여 '8' 이 중복되어 나타나는 것을 조사해 보세. 왜냐하면 영어에 있어선 'e' 가 빈번히 두 개 계속해서 나오니까. 예를 들면 'meet', 'fleet', 'speed', 'seen', 'been', 'agree' 와 같은 단어 말일세. 그런데 이번에는 암호가 짧은데도 불구하고 그것이 다섯 번 이상이나 중복되어 있단 말일세.

그러니 '8' 을 'e' 로 가정하세. 영어의 모든 단어 중에서 가장 평범하고 흔한 것은 'the' 야. 그러므로 나열의 순서가 똑같으면서 그 끝 자가 8로 된 세 개의 글자가 반복되는지 확인해 보세. 만일 그런 글자 들이 반복만 된다면 그야말로 'the'를 표시한다고 봐도 좋을 테니까. 조사해 보니까 그렇게 배열된 것이 일곱 개 있는데 그것이 바로 ';48'이란 말일세. 따라서 ';'는 't'를, '4'는 'h'를, '8'은 'e'를 표 시한다고 가정할 수 있네. 이것은 이제 확정되었다고 봐도 상관없네. 이렇게 해서 한 가지 문제를 해결했네.

그런데 말이야, 하나의 단어가 결정되면 그걸로 해서 더욱 중요한 점을, 즉 다른 단어의 몇 개의 어두와 어미를 알 수가 있지. 예를 들어 ';48'란 결합 중 끝에서 둘째 번에 있는 결합——암호문의 끝으로부 터 그리 멀지 않은 곳에 있는 것일세——을 살펴보세. 그 결합 바로 다음에 있는 ';'은 어떤 단어의 어두라는 걸 알 수 있지 않겠나. 그리 고 이 'the' 다음에 계속되는 여섯 부호 중에서 다섯 개는 안 셈일세. 그래 확실치 않은 것은 공간으로 남겨 두고 알 수 있는 부호를 글자 로 나타내 보세.

t eeth

여기서 끝의 'th'가 't'로 시작되는 단어의 한 부분이 되는 법은 없 으니까. 'th'는 생각하지 않아도 상관 없을 걸세. 그것은 이 공간에 삽입할 글자로 알파벳 전부를 뒤져 보아도 이 'th'가 단어의 한 부분 으로 될 만한 단어는 도저히 만들어질 수 없기 때문일세. 그래서 'th' 를 떼어 버리면 다음과 같이 압축시킬 수가 있네.

t ee

그리고 필요에 따라 전과 같이 알파벳을 차례차례 삽입해 보면, 유일하고 가능한 것으로 'tree' 라는 글자에 도달해 볼 수 있지. 이처럼 '(' 로 표시된 'r' 이라는 또 하나의 글자를 얻음으로써 'the tree' 라는 두 단어가 연결되어 나타나네.

이러한 단어의 바로 다음은 ';48' 이란 결합이네. 그래 곧 그 전에 있는 단어의 어미를 붙인 단어를 생각하고 사용해 보세. 그러면 이런 배열이 되지.

the tree;4(‡?34 the

즉 아는 부호를 보통 글자로 바꿔 보면 다음과 같네.

the tree thr‡ ?3h the

자, 다음에는 불확실한 글자를 공간으로 두거나 혹은 점을 찍고 표시하면 다음과 같네.

the tree thr…h the

그러면 'through' 라는 단어를 단번에 알게 되지. 그래서 이 발견은 '‡' , '?' , '3' 라는 부호가 'o' , 'u' , 'g' 라는 것을 우리에게 가르쳐 주네.

다음에는 이미 우리들이 알고 있는 글자의 결합을 자세히 보면, 암호문 초두에서 그리 멀지 않은 곳에서 이런 배열을 보게 되는데,

83(88 즉 egree

이것은 보나마나 'degree' 라는 단어로 결론 지을 수 있어서, '+' 가

'd' 를 표시함을 알 수 있네.

이 'degree' 라는 단어의 네 자 뒤에는 다음과 같은 결합이 있네.

;46(;88*

전처럼 모르는 것은 점으로 두고 그 부호를 아는 문자로 번역해 보면 다음과 같이 되는데,

th · rtee ·

이 배열은 대번에 'thirteen' 이라는 단어를 연상시키므로 '6' 과 '*' 로 표시된 새로운 두 자 'i' , 'n' 임을 알 수 있네.

이번에는 암호의 제일 처음을 보면 다음과 같은 결합이 눈에 띄네.

53‡‡+

전과 같이 번역해 보면,

· good

을 얻을 수 있는데 이것은 최초의 글자가 'a' 이고 따라서 최초의 두 단어가 'a good' 임을 확증하네.

혼란을 피하기 위하여 판명된 것을 표로 정돈해 보세.

5	†	8	3	4	6	*	‡	(	;
↓	↓	↓	↓	↓	↓	↓	↓	↓	↓
a	d	e	g	h	i	n	o	r	t

이와 같이 가장 중요한 알파벳 11개를 발견한 셈인데, 이 이상 더

해석의 방법을 세밀하게 얘기할 필요는 없겠지. 이러한 성질의 암호는 문제없이 풀 수 있다는 것을 자네에게 납득시키는 동시에 그 해석법의 논리적 근거를 어느 정도는 자네에게 얘기한 셈일세. 그러니 이 암호는 암호문으로서는 극히 간단한 종류에 속한다는 것을 알아두게. 다음에는 양피지 위에 있던 암호의 해석된 전문을 자네에게 보여주지. 자, 다음과 같다네.」

A good glass in the bishop's hostel in the devil's seat forty - one degrees and thirteen minutes northeast and by north main branch seventh limb east side shoot from the left eye of the death's head a bee line from the tree through the shot fifty feet out.

좋은 안경 승정(僧正)의 저택에 도깨비 의자에서 41도 13분 북동미북(北東微北) 본(本)줄기 일곱 번째 가지 동쪽 해골의 왼쪽 눈으로부터 쏘다 탄착점(彈着點)을 지나 나무로부터 봉비선(蜂飛線) 50피트밖.

「하지만.」하고 나는 말했다.

「이 수수께끼 역시 알 수 없는걸. '도깨비 의자'라든지 '승정의 저택'이라는 터무니없는 말에 의미가 있단 말인가?」

「그렇지.」하고 레그랜드는 대답했다.

「겉으로 슬쩍 봐서는 아직 낙관할 수 없다네. 나는 우선 이 문장을,

이 글을 쓴 사람이 생각한 것 같은 자연적인 구분으로 끊어 보았네.」

「구두점을 달았단 말이지?」

「그렇지.」

「그러나 어떻게 그 일을 할 수 있었지?」

「문제를 해결하지 못하도록 하기 위해 필자가 구절 없이 글을 썼다고 나는 생각했네. 그러나 머리가 좋지 못한 자가 그런 짓을 하다가는 필경 지나치는 법이지. 구두점을 마땅히 붙여야 할 데에는 붙이지 않고 도리어 엉뚱한 곳에 몰아서 덧붙여 쓰기 쉽다네. 이번 경우에도 이 문장을 보면 한 군데에 암호가 뭉쳐 있는 곳을 다섯 군데 찾아냈지. 이러한 추측으로 나는 다음과 같이 전문을 끊어 봤네.」

A good glass in the bishop's hostel in the devil's seat forty - one degrees and thirteen minutes northeast and by north main branch seventh limb east side shoot from the left eye of the death's head a bee line from the tree through the shot fifty feet out.

승정의 저택 안 도깨비 의자에서 좋은 안경——41도——13분 북동 미북——본 줄기의 일곱 번째 가지 동쪽——해골의 왼쪽 눈에서 쏘다——그 나무에서 탄착점을 지나는 봉비선을 따라 50피트 나아가라.

「그렇게 끊어 놓아도 아직 모르겠는걸?」하고 나는 말했다.

「나 역시 캄캄했네, 며칠 동안은.」하고 레그랜드는 대답했다.

「그 동안 나는 설리반 섬 부근에 '승정의 저택' 이라는 집이 있나 하고 열심히 찾아다녔네. 물론 '저택(Hostel)' 이라는 케케묵은 단어는 집어치우고 '호텔(Hotel)' 이라고 불러 보았지. 그래도 도무지 알 수가 없었지, 그래. 수색 범위를 확대시켜 가지고 더 조직적인 방법으로 진행시켜 보려고 결심했네. 그런데 어느 날 아침 돌연 '승정의 저택(Bishop's Hostel)' 이라는 것이, 이 섬으로부터 4마일쯤 북쪽에 아주 옛날부터 오랜 저택을 가지고 있는 베소프(Bessop)라는 가문과 무슨 관계가 있지 않나 하는 생각이 머리에 떠올랐네. 그래서 나는 그 농원으로 가서 나이 먹은 흑인들에게 여러 가지 물어 보았네. 겨우 노파 하나가 말하기를, 베소프의 성(城)이라는 이름을 들은 적이 있고 그곳으로 안내할 수도 있는데, 그것은 성도 아니고 여관도 아닌 높은 바위라는 것이었네.

안내만 해주면 후하게 대접하겠노라고 하니까 노파는 잠깐 머뭇거리더니 나를 데리고 가겠다고 했네. 별로 힘들이지 않고 그곳을 찾았으므로, 노파를 보내고 나 혼자서 그곳을 자세히 조사해 보았네. '성' 은 절벽과 바위들이 아무렇게나 모여서 된 것이었는데, 그 중 하나는 높이 솟아 있을 뿐 아니라 따로 떨어져 있고, 인공적으로 생긴 외양 때문에 다른 것보다도 뚜렷하게 돋보였네. 나는 이 바위 꼭대기까지 올라가 보았지만 그 다음에는 어찌 해야 좋을지 몰랐네.

이것저것 생각한 끝에 내 시선은 자연스럽고도 우연히 내가 서 있던 곳으로부터 1야드 가량 낮은 바위의 동쪽으로 툭 튀어나온 좁은

선반 같은 바위로 떨어졌네. 이 돌선반은 약 18인치 가량 튀어나왔고 너비는 겨우 1피트에 지나지 않았지만 그 위에 움푹 들어간 곳이 있어 잔등이 움푹 들어간 의자와 비슷했네. 이거야말로 암호에 있는 '도깨비 의자'임에 틀림없다고 나는 확신했네. 그래서 나는 수수께끼의 전부를 벌써 푼 것만 같았네.

'좋은 안경'이라는 것은 필시 망원경일 것이라고 나는 생각했지. 왜냐하면 안경이라는 말이 뱃사공들간에는 다른 뜻으로는 별로 사용되지 않을 테니까. 그래서 망원경을 사용할 것과, 사용할 망원경으로부터 조금의 오차도 없는 정확한 관측점이 있다는 것을 나는 곧 알게되었네. 나는 또 '41도 13분'이라든지, '북동미북'이라든지 하는 구절은 망원경의 조준점을 의미하는 것이라고 확신했네. 이런 모든 것을 알게 되어 활기를 얻었으므로 나는 급히 집에 돌아와 망원경을 들고 또다시 그 바위로 돌아갔네.

나는 돌선반으로 내려가 보았는데, 일정한 자세를 취하지 않고서는 도저히 앉을 수 없다는 것을 알았지. 이 사실은 내 예상을 더욱 굳게 해 주었지. 그리고 물론 41도 13분이라는 것은 수평선의 방향이 '북동미북'이란 말로 똑똑히 표시되어 있으니까 그 수평선상의 고도를 표시하는 말임에 틀림없을 걸세. 이 수평선의 방향은 휴대용 나침반으로 곧 알 수 있었네. 그 다음엔 대강 추측으로 '41도의 앙각(仰角)'을 찾아 망원경을 조심조심 올렸다 내렸다 했더니 저쪽 하늘 높이 우거진 나무 중에서 불쑥 솟아나온 한 그루의 큰 나뭇가지 사이에

둥근 틈, 즉 빈 공간이 있는 것이 눈에 띄었네. 이 틈 한복판에서 흰 점을 발견했는데 처음에는 그것이 뭔지 도무지 알 수가 없었네. 망원경의 초점을 조정해 봄으로써 그것이 사람의 해골이라는 것을 확실히 알았네.

이 발견으로 말미암아 나는 수수께끼가 풀렸으므로 마음이 뿌듯해졌네. 왜냐하면 '본줄기의 일곱 번째 가지 동쪽' 이란 말은 나무 위 해골의 위치를 가리키는 말이고, 또 '해골의 왼눈으로부터 쏘다' 라는 말은 묻힌 보물의 수색에 관한 한 가지 힌트를 주는 것일 테니까. 그리고 그 나무 줄기에서 그 '탄착점(즉 탄알이 떨어진 장소)' 을 지나는 최단직선을 긋고, 그 선을 50피트 연장한 봉비선, 즉 일직선이야말로 어떠한 정확한 지점을 표시하는 것이라는 점을 나는 확신했네. 그리고 그 지점 아래에는 분명히 보물이 감추어져 있으리라고 생각했네.」

「자네 생각은 모두 명쾌한 것뿐이군, 그래.」하고 말한 뒤 이어서 이렇게 물었다.

「자넨 그 '승정의 저택' 을 떠난 다음에는 어떻게 했나?」

「조심해서 나무 생김새를 잘 알아 둔 뒤에 집으로 돌아왔지. 그런데 내가 '도깨비 의자' 를 떠나자마자 그 둥근 틈이 없어지는 것이 아니겠나. 몇 번이고 뒤돌아보았지만 다른 어떤 위치에서도 보이지 않더군. 이 계획 전체에서 제일 교묘하다고 생각되는 것은 나뭇가지 사이의 틈이 돌선반 외의 어떤 관측점에서도 보이지 않는다는 사실일세. 실상 나는 여러 번 그걸 실험해 보았지만 매번 그렇더군. 이 '승정의 저택'에 갔을 때에는 주피터도 데리고 갔었네만, 그 녀석은 아마 그 몇 주일 동안 나의 얼빠진 행동으로 인해 날 그대로 두면 안 되겠다고 걱정했나봐. 그래서 다음날은 새벽같이 일어나서 나 혼자만 살짝 빠져나와 그 나무를 찾으러 산으로 갔었네. 아주 고생을 톡톡히 한 끝에 겨우 그걸 찾기는 했지만 집에 돌아오니까 주피터 녀석이 나를 때리겠다고 야단 아니겠나. 그 다음의 탐검은 자네도 잘 알고 있는 바와 같다네.」

「이건 내 생각인데 말일세.」하고 나는 말했다.

「처음에 우리가 땅을 잘못 판 것은 주피터가 그 갑충을 해골의 왼쪽 눈이 아니라 오른쪽 눈에서 떨어뜨렸기 때문이 아니겠는가?」

「바로 그렇네. 그 실수로 말미암아 '탄착점'에, 즉 나무에서 최단거리에 있는 말뚝의 위치에서 2인치 반의 오차가 생긴 거지. 그리고 만일 보물이 '탄착점' 바로 아래에 묻혀 있었다면 오차가 있더라도 상관없었겠지. 그러나 탄착점과 이 지점에서, 제일 가까운 그 나무의 일점은 방향 설정을 위한 두 점이어서, 그 오차는 연장선의 시작에서는 미미하지만 50피트를 나아가면 굉장한 것일세. 보물이 어딘가 이 부근에 꼭 묻혀 있으리라는 확신이 내게 없었다면 우리들은 헛수고만 했을 것일세.」

「해골에 대한 착안점은, 해골 눈으로 총알을 떨어뜨린다는 착안점 말일세. 난 키드가 해적 깃발로부터 암시를 받은 것이라고 하는, 일종의 시적 조화를 느꼈는걸.」

「어떻게 생각하면 그렇게도 생각되겠지. 그것보다 나는 시적 조화 못지않게 상식도 이 사건에 있다고 생각하지 않을 수 없네. '도깨비 의자'로부터 그 표적이 보이게 하려면, 그것이 만일 작은 물건이라면 눈에 잘 뜨이는 흰색이어야 할 걸세. 그뿐만 아니라 일기가 어떻게 변하든, 시간이 얼마나 지나든 변함없이 흰색 그대로이고 오히려 더 한층 희게 보이는 데 있어선 사람의 해골 이상 가는 게 없거든.」

「그건 그렇고, 자네의 과장된 말씨라든지 갑충을 휘휘 뒤흔들던 모습은 참 이상하던걸! 난 정말 자네가 미친 줄만 알았네. 그리고 또 자네는 왜 해골에서 총알이 아니라 갑충을 떨어뜨리게끔 고집했나?」

「아냐, 사실대로 얘기하면 자네가 나를 미쳤나 하고 너무도 의심하길래 화가 좀 나서, 내 식(式)으로 사건을 오리무중 속에다 넣고 한바탕 자넬 놀려주려고 한 것일세. 그래서 괜히 갑충을 휘휘 흔들기도 하고 또 나무에서 떨어뜨리도록 한 것일세. 갑충을 떨어뜨리려는 생각이 떠오른 것은 그 갑충이 무섭다고 한 자네의 발언 때문일세.」

「그랬었군. 알겠네. 그런데 한 가지 의심나는 것이 있는데 우리들이 구멍을 팠을 때 나온 사람 뼈다귀는 웬 것일까?」

「그것이 나도 좀 미심쩍기는 하네. 다만 이렇지 않았을까 추측해 보는데. 하지만 내가 얘기하는 것 같은 무참한 행위가 사실이었다고 믿는 것은 무서운 일일세. 키드가, 만약 그가 이 보물을 감췄다면 이 일에 여러 사람이 동원되었을 것만은 틀림이 없네. 그러나 일단 일이 끝나자 그는 이 일에 참가한 자들을 없애버려 입을 막는 것이 상책이라고 생각했겠지. 그의 부하들이 구멍 속에서 부지런히 일하고 있을 때 곡괭이로 한두 번 내려치는 것으로 충분했을 테니까, 아니면 두서너 번쯤 때려야 했을지도 모르지. 그야 누가 알겠나?」 (1843년)

적사병의 가면

　'적사병(赤死病)'이 오랫동안 그 나라를 휩쓸었다. 이와 같이 사람의 생명을 빼앗는 무서운 악역은 아직까지 없었다. 피가——새빨간 무서운 피가——그것의 화신이며 증인이었다. 우선 온몸이 몹시 쑤시며 갑자기 머리가 아득해지고, 콧구멍으로 피를 펑펑 쏟으며 죽고 만다. 환자의 표적이고, 사람들은 이 표적만 보면 그들의 간호와 동정까지 거두고 만다. 그리고 병의 발작이나 경과, 종결이 모두 반 시간도 못 되는 동안에 나타난다.

　그러나 프로스페로 공(公)은 행복하고 용감하고 현명하였다. 공의 영토 안의 인구가 절반이나 줄었을 때, 공은 궁정의 기사와 귀부인들 중에서 약 천 명쯤 되는 튼튼하고 천성이 쾌활한 신하들을 불러들여, 그들과 함께 성으로 둘러싸인 어느 사원으로 깊이 은둔해 버렸다. 이 사원은 넓고 굉장한 구조로 되어 있는, 공 자신의 괴팍하고도 장엄한 취미에서 나온 것이었다. 튼튼하고 높은 담이 사원을 둘러싸고 있고, 이곳저곳의 담에는 철문이 있었다. 신하들은 그들이 안으로 들어간 후 용광로와 쇠메를 가져다 문의 빗장을 아주 녹여 붙여 버렸다. 그들은 사원 안에서 아무리 절망과 광란의 충동이 갑자기 일어난다 하더라도 출입을 하지 않으려고 굳게 결심하였던 것이다. 사원 안에는 먹을 것이 충분히 저장되어 있었다. 이만한 준비가 되어 있었으므로, 그들은 제법 든든했던 것이다. 바깥 세상은 제멋대로, 되고 싶은 대로 돼라, 오히려 그런 것을 애써 슬퍼하며 생각하는 것이 어리석은 일이었다.

프로스페로 공은 이미 모든 오락물을 사원 안에 설치해 놓았다. 광대도 있었고 즉흥 시인도 있었고 발레 무용가도 있었으며, 음악가, 미인, 술도 있었다. 사원 안에는 이러한 것과 함께 안전이 있었다. 없는 것은 다만 '적사병' 뿐이었다.

그들이 이와 같이 이 사원으로 은둔한 지 5, 6개월이 흐른 후에도, 바깥 세상에서는 적사병이 맹렬한 기세로 횡행하고 있었지만 프로스페로 공은 세상에서는 좀체로 보기 드문 성대한 가면무도회를 열어 그의 많은 친구들을 초대하였다.

이 무도회야말로 실로 돈을 물과 같이 써서 만든 것이었다. 먼저 무도회가 열릴 방부터 설명하자면, 방 수가 일곱 개나 되고, 그 안의 장식은 마치 궁전과 같았다. 그러나 보통 구조의 궁전 같으면 일곱 개의 궁실이 쭉 한 줄로 연결되어 있고, 미닫이문을 벽 양쪽으로 활짝 열어 젖혀지면 으레 한끝에서부터 한끝까지 환하게 내다보이게 되어 있다.

그러나 이상한 것만 찾는 공의 취미 때문에 이 궁실들의 구조는 그러한 것과는 아주 딴판으로 되어 있었다. 방과 방의 구조가 대단히 불규칙적으로 되어 있었으므로 한 번에 겨우 방 하나가 보일 정도였고, 일곱 개의 방을 전부 내다볼 수는 없었다.

복도는 2, 30야드씩 간격을 두고 갑자기 구부러져 있었으며, 그때마다 새로운 흥취를 일으켰다. 좌우 양쪽 벽 한중간에 좁은 고딕형의 창이 높이 달려 있고, 꾸불꾸불 구부러진 방을 따라서 쭉 뻗은 좁은 마루 쪽으로 열려 있었다. 창에는 색유리가 끼워져 있고, 그 색유리는 창문을 열면 보이는 방의 장식의 색채에 따라 변화하였다. 예를 들면 동쪽 끝에 있는 방은 푸른색으로 장식되어 있었는데, 여러 개의 창이 모두 맑은 푸른색이었다.

두 번째 방은 그 장식과 벽모전이 모두 자주색이었으므로 창도 자주색이었다. 세 번째 방은 전부 초록색이었으므로 창도 똑같이 초록색이었다. 네 번째 방은 방 장식이나 등화가 노란색이고, 다섯 번째 방은 흰색, 여섯 번째 방은 오랑캐꽃 색이었다. 일곱 번째 방은 천장부터 벽 전면이 모두 꺼먼 빌로드 색의 벽모전으로 덮여 있고 그 벽모전은 또다시 무거운 주름을 이루어 같은 천과 같은 색의 융단 위로 떨어져 있었다. 그러나 이 방의 창만은 실내의 장식과 달랐다. 이 방의 유리 색은 진한 빨간색, 흐르는 듯한 핏빛이었다.

일곱 개 방 가운데 어느 방을 막론하고 찬란한 금색으로 이곳저곳 장식되어 있었고, 혹은 천장으로부터 황금색의 장식물들이 많이 매달려 있었지만, 그들 가운데에는 램프라든지 촛대 따위는 한 개도 걸려 있지 않았다. 방마다 램프나 촛대에서 방사되는 듯한 광선은 찾아볼 수가 없었다. 그러나 각 방 옆에 있는 복도에는 창 쪽에 연하여 그 위에 등잔이 놓여진 삼각대(三脚臺)가 놓여 있고, 거기서부터 나오는 광선이 색유리 창을 통하여 방안을 환히 비추고 있었다. 그러한 까닭으로 방안에는 무수한, 그러나 기이하고도 황홀한 그림자가 건들거렸다.

그러나 서쪽, 즉 까만색 방에는 핏빛 유리창으로부터 흘러 들어와 방안의 까만 벽모전 위에 떨어진 그림자가 있어 아주 무서웠고, 안으로 들어온 사람의 용모에 오싹한 빛을 던졌으므로 감히 이 방으로 들어오려는 담대한 사람은 드물었다.

이 방에는 또 큰 흑단의 시계가 서쪽 벽에 걸려 있었다. 시계의 추는 둔하고 육중한, 단조로운 소리를 내며 좌우로 흔들거렸다. 장침이 한 바퀴 돌아 땡땡 시간을 알리게 될 때에는 시계의 구리 폐장(肺臟)으로부터 맑고 높은, 힘있는 소리가 흘러나왔으므로, 한 시간이 경과될 때마다 오케스트라의 연주자들은 잠깐 연주를 중지하고 시계 치는 소리에 귀를 기울이지 않으면 안 되었다.

이에 따라, 흥이 나서 왈츠를 추고 있던 사람들은 갑자기 춤을 멈추게 되고, 아직까지 흥에 겨워 날뛰고 있던 모든 사람들 사이에도 잠깐 동안 혼란의 기색이 떠도는 것이었다. 시계가 땡땡 치고 있는 동안은 흥겨워 날뛰던 사람의 얼굴도 파랗게 질리고, 노인과 덜 흥분된 사람은 환상이나 명상에 사로잡혀 생각에 젖는 듯 이마에 손을 얹고 있는 모습이 눈에 띄었다. 그러나 땡땡 치는 시계 소리가 완전히 사라져 버리면 가벼운 웃음소리가 대번에 방안에 떠돌고 연주자들은 서로 얼굴을 쳐다보며 자기 자신이 신경과민이고 어리석었다는 듯이 얼굴에 미소를 머금었다. 그리고 서로 소곤거리며 이 다음에 시계가 또다시 종을 칠 때에는 결코 그렇게 동요하지 않겠다고 다짐을 하는 것이었다.

그러나 60분이 경과된 후에 (그 동안에는 3천 6백 초라는 시간이 흐른다) 또다시 종을 치면 사람들은 여전히 불안과 전율과 명상을 계속하였다.

그러나 이러한 불안이 한 시간마다 계속되었음에도 불구하고 그것은 유쾌하고 성대한 잔치였다. 공(公)의 취미는 참으로 특이했다. 그는 색채와 효과에 있어서 고상한 견식이 있어 일시적 유행 같은 것에는 눈도 돌리지 않았다. 공의 계획은 대담했고 열정적이었으며, 그 구상은 야만적 광채에 싸여 있었다. 사람들 중에 공을 미친 사람이라고 생각하는 자들도 있었지만 그의 근신(近臣)들은 그렇게 생각하지 않았다. 그것을 확실하게 하려면 친히 공과 대면하여 그의 말을 들어볼 필요가 있었다.

이 큰 잔치에 있어서 일곱 개 방의 이동 장식을 설치한 것은 대부분 공의 지휘에 따른 것이었다. 그리고 가면자(假面者)들에게 배역을 지정해 준 것도 공의 취미에서 나온 것이었다. 그것이 모두 괴이한 것뿐이었다는 것은 말할 것도 없다. 거기에는 광휘(光輝)·찬란·기교·환상——후세에 『에르나니(빅토르 위고의 비극)』에서 흔히 볼 수 있었던——이 많았다. 사지가 어울리지 않고 이상한 의상을 입은 아라비아 풍의 모양도 보였다. 미친 사람이 아니고서야 감히 생각도 못할 만큼 기괴한 기상(奇想)도 있었다. 화려한 것, 음탕한 것, 기괴한 것이 대부분이었지만 무서운 것도 다소 있었고, 혐오감을 일으키는 것도 적지 않았다.

사실, 일곱 개의 방안에서는 꿈속에서 날뛰는 듯한 환상적인 무리들이 이리저리 활보했다. 그리고 이들 몽마(夢魔)들은 몸을 구부릴 때마다 온몸에 방안의 색채를 받으며 오케스트라의 우렁찬 소리를 마치 자기들의 발소리와도 같이 생각하며 이리저리 뛰어 돌아다녔다.

그러는 동안에 빌로드 색 방에 걸린 흑단 시계가 종을 치기 시작하면 잠깐 동안 방에서는 죽은 듯한 침묵이 흐르고, 시계 소리 외에는 아무 소리도 들리지 않았다. 몽마들은 얼어붙은 듯이 그 자리에서 꼼짝도 하지 않았다. 그러나 시계 소리가 끝나면——불과 일순간에 끝나는 것이지만——가벼운, 약간 눌린 듯한 웃음소리가 사라지는 시계 소리의 뒤를 따라 들려왔다. 그러면 또다시 음악 소리는 흥겹게 터져 나오고, 얼어붙은 몽마들은 소생하여 긴 한숨을 내쉬며, 삼각대로부터 흘러나오는 가지각색의 찬란한 빛을 온몸에 받으며 이리저리 돌아다녔다.

그러나 일곱 개의 방 중 감히 서쪽 끝에 있는 방으로 들어가려는 사람은 아무도 없었다. 밤이 점점 깊어 가면 피를 끼얹은 듯한 색유리 창으로부터 한층 더 빨간 빛이 흘러 들어오며, 새까만 벽모전은 사람의 마음을 소스라치게 하기 때문이었다. 그리고 까만 융단 위에 발을 놓는 사람들의 귀에는, 저쪽 멀리 떨어진 방에서 즐겨 날뛰는 사람들의 소리보다는 시계 소리가 더 각별히 무겁게 누르며 들려왔기 때문이다.

그러나 다른 방에는 방마다 사람들로 가득 차 있고, 생명의 심장이 그 안에서 미친 듯이 고동치고 있었다. 잔치는 용솟음치는 소용돌이처럼 진행되었고, 드디어 자정을 알리는 시계 종이 열두 번을 울렸다.

그러니까 전에도 말한 바와 같이 갑자기 음악 소리는 뚝 그치고, 미친 듯이 왈츠를 추던 사람들도 춤을 멈추며, 온 집안은 또다시 죽은 듯이 고요해졌다.

시계의 종이 열두 번을 쳐서 간격을 가장 길게 끌었던 만큼, 들끓던 사람들 중에서도 생각 깊은 사람들을 더 한층 깊이 생각에 잠기게 했다. 그리고 마지막 시계 종소리의 여운이 채 사라지기도 전에 사람들은 전에는 눈에 띄지 않던 가면자가 하나 섞여 있는 것을 보게 되었다. 이 소문이 소곤소곤 사방으로 퍼졌고, 모든 사람들의 입에서는 놀라움이 터져 나왔다. 그리고 마침내는 공포와 혐오의 귀엣말과 불평이 사람들의 입에서 새어 나왔다.

이와 같은 괴물들의 회합에 있어서 웬만한 가장으로는 이런 소동이 일어나지 않는다. 그러나 이 문제의 가장 인물에 대해선 대담한 공(公)도 손이 움츠러들었으며, 그의 무한한 도량으로 생각해 보더라도 너무나 큰 존재였다. 아무리 소견 좁은 사람의 마음이라 할지라도, 반드시 감동을 일으키는 금선(琴線)은 있는 법이다. 생사를 장난으로 여기는 불한당이라 할지라도 때로는 농담 한마디 할 수 없는 기막힌 때도 있는 법이다.

사실 방안 사람들이 아직까지 보지 못한 이 가장자의 복장과 태도에서는 기술과 의장(意匠)이라곤 찾아볼 수 없다는 것을 알아낼 수 있었다. 그러나 이 가장한 사나이는 키가 크고 몸이 후리후리하고, 머리끝에서부터 발끝까지 다 썩은 시의를 감고 있었다. 얼굴을 감춘 가면에는 굳어 버린 시체의 빛이 떠돌아, 아무리 바싹 들여다보아도 가면같이 보이지는 않았다. 이것만으로는 즐겨 날뛰는 사람들로부터 참 잘된 가장이라고 칭찬은 받지 못한다 하더라도, 그들은 참을 수 있었을지도 모른다. 그러나 이곳저곳에서 '적사병'과 흡사하다고 소곤거리는 소리가 나오게 되었다. 그의 의복은 피로 젖어 있었고 그의 넓은 이마는 얼굴의 다른 부분과 마찬가지로 무서운 피의 반점으로 덮여 있었다.

프로스페로 공의 시선이 이 괴물에 떨어졌을 때——괴물은 자기의 역할을 더 완수하려는 듯이 엄숙한 걸음걸이로 서서히 왈츠를 추는 사람들 사이를 이리저리 활보했다——처음에는 공포와 불유쾌한 감정으로 몸을 부들부들 떨더니, 다음 순간에는 격노가 치밀어 그의 이마는 주홍색이 되고 말았다.

「어떤 녀석이냐?」 공은 목쉰 소리로 옆에 있는 신하에게 물었다.

「어떤 녀석인데 감히 그런 불손한 가장으로 이와 같이 우리들을 모욕하는 것이냐? 그 녀석을 붙잡아 가면을 벗겨라. 먼동이 틀 때 성벽에 목을 매달아야 할 녀석의 얼굴을 볼 수 있도록!」

프로스페로 공이 이런 소리를 지른 것은 동쪽 방, 즉 파란 방에서였다. 그의 목소리는 일곱 개의 방을 통해 쨍쨍 울렸다. 왜냐하면 공은 대담한 사람이고 음악 소리는 공의 손짓으로 인해 뚝 그쳤기 때문이다.

먼저 이렇게 공이 외쳤을 때 신하들 중에는 공에게 바싹 달려드는 이 침입자에게 돌진하려는 기세를 보이더니, 서로 속삭이는 바람에 기가 꺾였던지 까닭 모를 공포에 사로잡혀 누구 하나 선뜻 나가 그 녀석을 붙잡으려는 사람이 없었다.

그러므로 무인경(無人境)을 걷듯이 이 괴물은 공이 있는 근처까지 다가왔다. 그리고 방안의 모든 사람들이 약속이나 한 듯이 방 한가운데로부터 벽 쪽으로 슬금슬금 뒷걸음질치는 동안 괴물은 전과 조금도 다름없이 엄숙하고 일정한 걸음걸이로 파란색 방에서 자주색 방으로, 자주색 방에서 초록색 방으로, 초록색 방에서 노란색 방으로, 노란색 방에서 흰색 방으로, 거기서 또다시 오랑캐꽃색 방으로 그를 붙잡으려는 최후의 행동이 벌어지기 전에 서슴지 않고 걸어 들어왔다.

그러나 이때 프로스페로 공은 자기가 일시적으로 벌벌 떨고만 있었던 것을 부끄럽게 생각하고 화가 벌컥 치밀어 맹렬한 기세로 여섯 개의 방을 차례차례로 뚫고 나갔다. 하지만 다른 사람들은 얼빠진 듯이 벌벌 떨고만 있을 뿐 한 사람도 그 뒤를 쫓지 못했다. 공은 단검을 뽑아 높이 쳐들고 헐떡거리며, 도망치는 괴물의 3, 4피트 앞에까지 바싹 다가섰다.

바로 그때 괴물은 빌로드 방의 마지막 벽에까지 밀려가다가 갑자기 획 돌아서며 추격자와 마주 섰다. 그 순간 날카로운 비명이 들리고 단검이 공중에서 번쩍이며 까만 마루 위에 떨어지더니, 곧 그 위에 프로스페로 공도 죽음을 면치 못하고 엎어졌다.

그때까지 벌벌 떨고만 있던 사람들은 용기를 내어 곧 까만색 방으로 달려왔다. 그들은 흑단 시계 그림자 뒤에 꼼짝도 하지 않고 꼿꼿이 서 있는 괴물의 목덜미를 붙잡고 무시무시한, 다 썩은 시의와 시체 같은 가면을 닥치는 대로 막 쥐어뜯으며 흔들어 보았다. 그러나 손안에 잡히는 것은 아무것도 없었다. 괴물이 정체 모를 것으로 되어 있다는 사실을 깨닫자, 그들은 표현할 수 없는 공포로 헐떡거리며 부들부들 떨었다. 그들은 그제서야 '적사병'이 나타난 것을 알 수 있었던 것이다.

'적사병'은 밤도적처럼 슬쩍 들어온 것이다. 그리고 이제까지 즐겨 날뛰던 무리들이 하나씩하나씩 피에 젖은 방에서 넘어졌다. 그리고 넘어진 모습 그대로 처참한 꼴로 죽어 버렸다.

흑단 시계의 수명도 이 성대한 잔치가 막을 내리는 것과 동시에 끊어졌다. 삼각대의 횃불도 꺼졌다. 다만 '암흑'과 '황폐'와 '적사병'만이 모든 것 위에 무한한 권위를 누리고 있었다. (1824년)

작가와 작품 해설

에드거 앨런 포우의 생애와 작품 세계

에드거 앨런 포우는 1809년 1월, 미국의 보스턴에서 태어났다. 그러나 포우가 태어난 지 얼마 되지 않아 아버지는 집을 나가 행방을 알 수 없게 되었고, 어머니마저 갑자기 세상을 떠나고 말았다. 그리하여 포우는 아버지와 어머니의 얼굴도 모른 채 불행한 인생을 살지 않으면 안 되었고, 태어나면서부터 닥쳐온 불운은 그에게 결정적인 영향을 끼치게 되었다.

포우는 담배를 수출하는 상인인 대부 앨런 가에 양자로 들어갔다. 비록 양자였지만 부유한 생활을 했기 때문에 그는 어린 시절을 비교적 행복하게 보냈다. 그가 여섯 살이 되던 해에 그는 양부모를 따라 영국에 있는 런던의 사립 학교에 들어가게 된다. 1820년, 포우는 미국으로 다시 돌아왔고, 1826년인 17세 때에는 버지니아 대학에서 그리스 어, 프랑스 어, 이탈리아 어 등을 배웠다. 문학적 감성이 뛰어났던 그는 이 무렵부터 시를 짓는 데 뛰어난 능력을 발휘하곤 했다. 그러나 방탕한 생활로 말미암아 퇴학당하고 양부모와도 사이가 벌어져 그 이듬해 집을 뛰쳐나온다.

보스턴으로 간 포우는 첫시집을 내지만 그다지 호응을 얻지 못하고 궁핍한 생활만 계속된다. 이에 생활고를 해결하기 위하여 이름과 나이를 속이고 미국의 육군에 지원하기에 이른다. 그 무렵 양부와 화해를 하고, 군대를 제대한 후 웨스트포인트 사관학교에 입학하지만 자유분방한 예술가적 기질을 지니고 있던 그는 엄격한 훈련과 규칙을 견디지 못하고 이듬해 상관에 대한 반항과 훈련 태만을 이유로 퇴학당하고 만다.

군인이 되기를 포기한 포우는 작가의 길을 걷기로 결심하고 뉴욕으로 향한다. 그가 22세 되던 해인 1831년에 시집을 내고, 볼티모어의 주간지 현상모집에 당선되기도 한다. 이후 고향으로 돌아가 《남부 문예 통신》이라는 잡지의 부편집장이 되는데, 포우는 뛰어난 재능을 발휘하여 발행 부수를 많이 늘리게 된다. 또한 14세인 사촌 누이동생 버지니아와 비밀 결혼을 하여 행복한 앞날을 펼쳐 나간다. 그러나 이러한 행복도 잠시, 그는 어느새 술주정뱅이가 되어서 생활고는 극에 달하게 되고, 아내는 허약한 체질 때문에 고통을 당해야만 했다. 이리하여 포우는 모든 것을 버리고 뉴욕으로 향한다.

포우는 뉴욕에 와서 그의 유일한 장편소설인 『아더 고든 핌 이야기』를 비롯하여 단편소설을 쓰기 시작한다. 이것이 1838년의 일이다. 1839년에는 《젠틀맨즈 매거진》의 편집인이 되어 「어셔 가의 몰락」, 「윌리엄 윌슨」 등의 작품을 발표한다.

1841년에는 《그레이엄즈 매거진》의 편집인이 되어 일급 편집자로 명성을 떨치게 되며, 당대의 문인들과도 교류를 갖게 된다. 이 해에 그는 단편 「모르그 거리의 살인」, 「소용돌이 속에서」, 「요정의 섬」을 발표하여 미국 문학계에 큰 충격을 안겨주었으며 대중작가로서 군림하게 된다. 이렇게 작가로의 명성이 쌓여갈 때 사랑하는 아내 버지니아가 폐병을 앓기 시작하는데, 그로 인해 포우는 극도의 심리적 불안감을 느낀다. 그러나 그런 가운데에서도 그의 작품 활동은 계속된다.

1843년에 단편 「황금충」이 필라델피아 신문에 당선되자 그는 계속해서 「검은 고양이」와 같은 독특한 작품들을 발표하였다. 그러나 아내의 병이 악화되자 그의 작품들은 극도로 우울해졌고, 이러한 감상성과 우울함은 아이러니컬하게도 대중들에게 커다란 인기를 모으는 계기가 되었다.

포우의 명성이 높아짐에 따라 생활이 안정되자 그는 죽어가는 아내 때문에 괴로워하면서도 다른 여인의 사랑을 갈구했기에 몇몇 여인과의 관계가 구설수에 오르기도 했다.

1846년에 그는 아내의 요양과 자신의 심리적 안정을 위해 뉴욕 교외의 오두막으로 이사하지만 아내의 병세는 더욱 악화되었다. 마침

내 1847년 1월 30일, 그의 아내는 24세의 젊은 나이로 세상을 등지고 만다. 이후 그는 7세 연상의 부유한 미망인인 여류 시인 휘트먼과 사랑에 빠져 청혼하지만, 그의 음주벽과 건강을 이유로 거절당한다. 포우는 안정된 생활을 위하여 여성을 필요로 하였는데 그러한 그의 성향은 어린 시절부터 지녀온 애정 결핍 때문인 듯하다. 그러나 그 누구도 그의 동반자가 되어 주지는 못했고, 결국 포우는 실의에 찬 생활의 연속일 수밖에 없었다.

1849년인 40세에 우연히 옛애인을 만나 약혼까지 하게 되지만, 그해 10월 3일 어느 술집 앞에서 술에 만취한 채 쓰러져 사망하였다.

포우는 세상을 떠날 때까지 1편의 장편과 74편의 단편을 남겼다. 그의 작품은 공포적인 효과와 추리적인 효과를 지닌 작품으로 구별해 볼 수 있는데, 대부분의 작품이 전자에 속하고, 4편 정도의 작품이 후자에 속한다.

포우가 문학적인 포부를 안고 있었을 당시, 미국 문단은 독자에게 위안과 교훈을 주는 것을 문학의 유일한 목적으로 삼았다. 달리 말하면, 포우와 동시대의 작가들은 어떤 의미에서 일종의 아메리카니즘을 고양시키는 데 전력을 기울였던 것이다.

그러나 포우는 그러한 풍조에 반발하여 자신만의 독자적인 예술 경향을 획득하게 된다. 즉 그의 예술이 지향하는 바는 전혀 인간적 요소를 지니지 않은 특이한 지적 · 추상적인 방향이 되는 것이다. 당시만 해도 기괴와 신비나 환상으로 가득한 상상의 세계를 전개시키고, 단편소설의 장르를 시도한 작가는 거의 없었다. 그러한 점에서 포우는 근대 탐정소설, 단편소설의 효시자이자 완성자로 독보적인 위치를 확보할 수 있었다.

포우가 이후의 소설 장르에 끼친 영향은 실로 막대하다. 단편소설의 창시자로서 뿐만 아니라 작품의 내용과 가치를 볼 때 오히려 단편소설의 완성자라고 하는 게 더 옳은 평가일 것이다. 또한 포우는 열정적인 삶만큼이나 시에서부터 소설, 평론에 이르기까지 문학적인 열정으로 끊임없이 새로운 것을 추구했으며, 그러한 추구가 오늘날 그의 명성을 만들었다.

작품 줄거리 및 해설

『포우 단편집』은 많은 단편들 가운데 6편의 단편을 묶은 것이다. 그 중 가장 유명한 작품이 「검은 고양이」인데, 이 작품은 강박관념에서 살인을 범하는 이야기를 다룬 것으로 그로테스크한 소설로 꼽힌다.

「검은 고양이」의 주인공 '나'는 좋아하는 고양이를 죽이고, 대신 키우던 고양이를 또다시 죽이고, 아내마저 죽여서 시체를 벽 속에 묻어 두지만 고양이의 비명으로 발각된다는 이야기이다. 이 작품은 주인공의 심리나 범행 동기, 그리고 결과 등을 고백 형식으로 짜임새

있게 서술하고 있어서 독자의 손에 땀을 쥐게 한다.

 거칠어져 가는 인간의 심리를 그로테스크한 검은 고양이의 모습으로 상징하고, 심리적 괴로움과 공포를 그린 이 작품은 인간이 지니고 있는 원초적인 이중 심리를 적나라하게 파헤쳤다. 포우는 이미 프로이트 이전에 인간의 잠재의식을 탁월하게 문학 작품으로 형상화했던 것이다. 아름답고 건강해 보인다 하더라도 인간의 이면에는 누구나 보이지 않는 이상 심리가 있다는 것이 작가 포우가 말하고자 하는 바다. 하지만 우리는 아름다운 겉모습만 보기 때문에 포우의 작품과 같은 인간의 다른 모습을 접하게 되면 기괴하게 느껴지지 않을 수 없다. 그렇다 하더라도 포우가 그리고 있는 한 남자의 모습이 바로 우리의 모습일 수 있음을 상정한다면, 그야말로 포우는 인간의 내면을 냉철하게 분석한 최초의 심리학자가 아닌가 싶다.

 「어셔 가의 몰락」은 사랑과 죽음을 다룬 괴이한 이야기를 그 내용으로 하고 있다. 현실과 환상이 뒤섞인 침울한 분위기 속에서 정신적ㆍ물질적으로 몰락해 가는 한 집안의 이야기인 것이다.

 우울증이 있는 로데릭 어셔는 이성을 잃은 혼란스런 상태에서 쌍둥이 누이동생인 매들레인을 사랑한다. 그러나 매들레인은 중병으로 죽고, 로데릭은 그녀가 죽은 지 2주가 지나도록 시체를 매장하지 않은 채 그대로 방치한다. 그런데 피묻은 시의를 입은 매들레인이 갑자기 나타나 로데릭을 죽이고 어셔 가의 몰락이 시작된다.

 이 작품은 현실과 환상이 교차되는 속에서 공포의 효과를 노린 것으로, 포우의 단편 중 걸작으로 꼽힌다.

　이 밖에도 포우는 많은 단편과 공포, 추리소설을 남겼다. 그의 작품들의 가치는 그가 살아 있을 때보다 죽은 다음 더욱 그 빛을 발했다. 즉 단편소설의 우수성을 사람들이 인정하게 된 것은 포우가 죽은 후의 일이었던 것이다. 포우는 끊임없이 새로운 형식을 끌어들였는데,「황금충」에서는 범죄소설과 같이 뚜렷한 구분이 없는 탐정소설에 추리라는 형식을 끌어들임으로써 작품의 완성도를 높였다.

　포우의 작품들은 후대의 작가들에게 많은 영향을 끼쳤다. 포우가 아니었다면 셜록 홈즈 탐정의 탄생이 가능했을까. 그리고 프랑스의 상징주의 시인을 대표하는 보들레르 역시 포우의 시나 단편소설 등을 통하여 자신의 문학적 재능을 닦았다. 이렇듯 포우는 근대 문학의 선구자로 평가받을 만큼 뛰어난 문학적 재능을 발휘하였다.

작가 연보

1809년   1월 19일, 매사추세츠 주 보스턴에서 태어남.

1810년(1세)   아버지가 실종됨.

1811년(2세)   어머니가 사망함. 형은 조부에게 가 있었고, 누이동생은 리치먼
            드 윌리엄 머켄지 집에 맡겨짐. 포우는 존 앨런의 양자가 됨.

1815년(6세)   7월, 양부모를 따라 영국에 건너가서 5년 간 머물며 기숙 학교에
            서 공부함.

1817년(8세)   귀국할 때까지 런던 근교의 사립학교에 다님.

1820년(11세) 7월, 양부모와 함께 미국으로 돌아옴.

1823년(14세) 친구의 어머니를 연모함(「헬렌에게」라는 추모시로 당시의 감정
            이 후에 형상화됨).

1826년(17세) 2월, 버지니아 대학에 입학함. 도박과 음주로 방탕한 생활을 함.
            양부의 반대로 사랑하던 로이스터와의 약혼에 실패함.

1827년(18세) 양부와의 불화로 리치먼드를 떠남. 5월, 가명으로 육군에 입대
            함. 이해 여름에 처녀시집 『태멀레인 그 밖의 시』를 간행함.

1829년(20세) 특무상사로 승진함. 2월, 양모가 사망함.

1830년(21세) 웨스트포인트 육군사관학교에 입학함.

1831년(22세) 2월, 군무 태만과 명령 위반으로 퇴교 처분을 받음. 4월경 『포
            우 시집』을 뉴욕에서 간행함.

1832년(23세) 단편 「메첸거스타인」을 발표함.

1833년(24세) 10월, 단편소설 「병 속에서 발견된 수기」로 볼티모어 새터디클 레어 현상모집에 당선됨.

1835년(26세) 리치먼드의 《남부 문예 통신》지에 「베레나스」, 「모렐러」, 「한스 파알의 미증유의 모험」 등 3편의 단편소설이 발표됨. 그 잡지의 편집에 참여함. 숙모 마리와 그 딸 버지니아가 포우에게 의탁함.

1836년(27세) 5월, 사촌 누이동생 버지니아와 결혼함.

1837년(28세) 《남부 문예 통신》 편집직을 그만두고, 뉴욕에 가서 어려운 생활을 함. 단편 「리지어」를 발표함.

1838년(29세) 장편소설 「아더 고든 핌의 이야기」를 뉴욕에서 출판함. 필라델피아로 거처를 옮김.

1839년(30세) 《젠틀맨즈 매거진》지의 편집에 참여함. 이 잡지에 「어셔 가의 몰락」, 「윌리엄 윌슨」을 발표함.

1840년(31세) 「그로테스크한 이야기와 아라베스크한 이야기」를 필라델피아에서 출판함.

1841년(32세) 《그레이엄즈 매거진》지의 편집을 맡음. 이 잡지에 「모르그 거리의 살인」, 「소용돌이 속에서」를 발표함.

1842년(33세) 아내 버지니아가 폐병을 앓기 시작함. 《그레이엄즈 매거진》을 그만둠. 「마리 로제 수수께끼」를 발표함.

1843년(34세) 「황금충」을 신문에 투고하여 1백 달러의 상금을 받음. 「검은 고양이」 외에 여러 작품을 더 발표함.

1845년(36세) 자신이 편집에 참여한 뉴욕의 《이브닝 미러》지에 「큰 까마귀」
를 발표해 문명을 떨침.

1847년(38세) 1월 30일, 아내 버지니아가 사망함.

1848년(39세) 장편 산문시 「유리카」를 공개 낭독하고 뉴욕에서 간행함. 여류
시인 휘트먼에게 구혼했으나 거절당함.

1849년(40세) 리치먼드로 가서 소년 시절의 첫사랑이었던 로이스터와의 결혼
을 추진함. 시 「엘도라도」, 「애너벨 리」, 「애니를 위하여」, 「종」
등과 단편 「절름발이 개구리」를 발표함. 10월 3일, 술집 앞에서
쓰러져 병원으로 옮겨졌으나 세상을 떠남.